L'ARBRE DU PAYS TORAJA

Écrivain traduit dans le monde entier, Philippe Claudel est aussi cinéaste et dramaturge. Il a notamment publié aux éditions Stock *Les Âmes grises*, *La Petite Fille de Monsieur Linh*, *Le Rapport de Brodeck* et *L'Arbre du pays Toraja*. Membre de l'académie Goncourt, il réside en Lorraine où il est né en 1962.

PHILIPPE CLAUDEL
de l'académie Goncourt

L'Arbre
du pays Toraja

ROMAN

STOCK

ISBN : 978-2-253-06933-1 – 1re publication LGF

God knows how I adore life
When the wind turns
On a shore lies another day
I cannot ask for more.

Beth Gibbons

I

Sur l'île de Sulawesi vivent les Toraja. L'existence de ce peuple est obsessionnellement rythmée par la mort. Lorsque l'un d'eux vient à mourir, l'organisation de ses funérailles occupe des semaines, des mois, parfois des années. Il convient de faire venir à la cérémonie tous les membres de la famille du défunt. Cela peut représenter des milliers de personnes dispersées sur l'ensemble de l'archipel indonésien, voire au-delà. Les faire voyager, les héberger, les nourrir incombe à ses proches. Il n'est pas rare que ceux-ci s'endettent durablement afin de pouvoir respecter la tradition.

Des maisons en bois, fines et gracieuses comme des barques, sont construites pour loger les invités. Du bétail est acheté en prévision des banquets. Porcs et buffles seront sacrifiés pour accompagner le disparu. Pendant tout ce temps, on conserve le corps de celui qui n'est pas encore considéré

9

comme un mort mais comme une personne malade – *to masaki*, dans la langue des Toraja.

La sépulture dans laquelle il est inhumé est creusée à même la roche de certaines falaises sacrées. Dans des tombeaux qui ont la forme d'une niche reposent les dépouilles de membres d'une même famille, gardées par des idoles en bois. Il arrive que les sarcophages pourrissent et s'ouvrent. Les ossements chutent alors et on les laisse au sol, parmi les feuilles et la terre.

J'ai traversé le pays Toraja durant le printemps de l'année 2012. Je retrouvais dans cette île que je ne connaissais pas encore ce que j'ai toujours aimé ailleurs en Indonésie : les êtres, souriants et paisibles ; les paysages, vallonnés, parfois escarpés, qui composent un nuancier infini de verts, du plus pâle au plus sourd ; les ciels, qui peuvent être longs et bleus et devenir le lendemain verticaux, collage de hauts nuages de plomb qui crèvent soudain pour laisser tomber sur les forêts, les chemins et les rizières une pluie chaude ; la nuit, qui vient tôt, avec brutalité, et installe le sabbat des insectes et des geckos ; le plaisir de boire une bière glacée tout en mangeant un *nasi goreng* ou des *satés* de chèvre, sur un trottoir, assis sur des chaises de plastique faites pour des gnomes ; celui de fumer une *kretek* au parfum de noix de muscade et de cannelle.

Près d'un village du pays Toraja situé dans une clairière, on m'a fait voir un arbre particulier. Remarquable et majestueux, il se dresse dans la forêt à quelques centaines de mètres en contrebas des maisons. C'est une sépulture réservée aux très jeunes enfants venant à mourir au cours des premiers mois. Une cavité est sculptée à même le tronc de l'arbre. On y dépose le petit mort emmailloté d'un linceul. On ferme la tombe ligneuse par un entrelacs de branchages et de tissus. Au fil des ans, lentement, la chair de l'arbre se referme, gardant le corps de l'enfant dans son grand corps à lui, sous son écorce ressoudée. Alors peu à peu commence le voyage qui le fait monter vers les cieux, au rythme patient de la croissance de l'arbre.

Nous enterrons nos morts. Nous les brûlons aussi. Jamais nous n'aurions songé à les confier aux arbres. Pourtant nous ne manquons ni de forêts ni d'imaginaire. Mais nos croyances sont devenues creuses et sans écho. Nous perpétuons des rituels que la plupart d'entre nous seraient bien en peine d'expliquer. Dans notre monde, nous gommons désormais la présence de la mort. Les Toraja en font le point focal du leur. Qui donc est dans le vrai ?

Le soir même, en buvant des bières et en fumant des *kretek* sur le petit balcon de ma chambre d'hôtel, j'ai repensé à l'arbre, à son bois nourri d'os fragiles et de chairs disparues. Quelques vieilles dames américaines riaient très fort en contrebas, terminant leur dîner sur la terrasse du restaurant. Je les avais croisées quand j'étais rentré. Elles étaient chaussées de baskets roses, vêtues de pantalons de randonnée kaki aux multiples poches, de chemises de coton et de gilets de reporters de guerre. Leurs têtes s'ornaient de cheveux blancs ou mauves, parfois violines. Toutes avaient le même nez refait, les mêmes yeux étirés, les mêmes lèvres repulpées. Elles atteignaient le point ultime de leur vie mais leurs visages avaient le dessin abstrait et schématique de celui de jeunes filles artificielles, toutes identiques. On aurait cru des poupées échappées d'un magasin se plaisant à vendre, pour on ne sait quelle clientèle, des articles monstrueux. J'ai pensé à toutes les stratégies inutiles que nous mettons en œuvre sur nos corps pour tromper le temps et nos peurs.

En face de moi, dans la nuit indonésienne, tandis que je savourais le parfum des cigarettes, je devinais par leurs formes claires les buffles qui somnolaient debout au milieu des rizières, le crâne baissé vers la boue. Une pluie fine ainsi qu'un peu de brume coulaient sur leur corps immobile. Ils paraissaient d'un autre siècle. Je les sentais à demi effacés. Je songeais à la disparition. À la venue au monde. À cette danse incohérente, parfois belle, parfois grotesque, qu'est notre vie. À notre fin aussi. Des crapauds bavardaient. De grandes chauves-souris se livraient au-dessus de ma tête à un silencieux duel. Trois mois plus tôt, je venais d'avoir cinquante ans. Cela signifiait-il quelque chose ?

Près de moi, comme toujours, était posé un livre. Il s'agissait ce soir-là de *Qui a ramené Doruntine ?* d'Ismaïl Kadaré que je relis au moins une fois tous les deux ans. C'est une très belle histoire de promesse, de mort, de fantôme et de chevauchée. D'hiver aussi, qui est la saison au cours de laquelle il m'a toujours semblé que je devenais vraiment moi-même. J'avais un carnet et un stylo plume – qui porte bien son nom tant il est léger, acheté il y avait plus de dix ans sur un marché de Saigon. Je ne sais plus si j'ai pris des notes en repensant à l'arbre, à son écorce close sur les petits corps invisibles. Je n'en suis pas certain : parfois on écrit dans son cerveau mieux que nulle part ailleurs. J'étais entre deux films, dans ce moment difficile où on s'interroge sur ce que l'on fait, se demandant si cela vaut la peine qu'on le fasse, si cela a un sens. Et où l'on sait encore moins si l'on doit continuer.

Mon dernier long métrage avait connu un accueil médiocre. Le public ne s'était pas pressé dans les salles. Sa carrière avait été un peu meilleure à l'étranger, dans la dizaine de pays dans lesquels il était sorti et où je l'avais accompagné, répondant aux mêmes questions, affichant le même sourire pour les photographes, et me retrouvant seul le soir, dans ma chambre d'hôtel, à contempler les mignonnettes du minibar comme des amies d'infortune. Après cette tournée, j'avais décidé d'oublier ce film qui avait dévoré deux ans de ma vie, de tourner intérieurement une page, et j'étais parti pour Sulawesi, avec un nouveau désir d'images qui commençait à poindre, encore vague et flou, attendant une mise au point que je ne me presserais pas de faire. J'ai depuis longtemps compris que nous ne

13

faisons pas des films, mais qu'ils naissent de nous et se dessinent comme ils l'entendent, au moment qu'ils ont choisi.

Les vieilles Américaines – on dirait que je parle de voitures – s'étaient tues. Sans doute avaient-elles regagné leur chambre. Je les imaginais désormais seules devant le miroir de leur salle de bains, chacune contemplant son faux visage et lisant son âge véritable tout au fond de son œil triste. Chaque mensonge contient sa chute amère.

Trois jours plus tard je regagnais la France. Sitôt dans mon appartement, j'ai déposé mes bagages et bu un verre d'eau du robinet en regardant autour de moi. J'avais le sentiment d'arriver dans un pays étranger. Les odeurs étaient certes connues, mais elles appartenaient à une saison citadine dont j'avais été absent, et dans laquelle je n'avais pas encore retrouvé ma place. Le parquet craquait sous mes pas. Des mouches mortes, pattes tendues vers le plafond, achevaient de se dessécher collectivement sur les tablettes de fenêtre. Je me considérais toujours ordinaire et exotique. J'avais toujours dans la bouche le goût singulier des *kretek*.

J'entendais pourtant au-dessus de ma tête des bruits familiers, en particulier le son du piano désaccordé de Monsieur Bellagar, le vieux voisin du 8e à demi aveugle, dont le visage et l'élégance cravatée ne sont pas sans rappeler Jorge Luis Borges, et qui joue mélancoliquement durant des heures des airs d'Europe centrale.

14

J'ai fait le tour des pièces, ce qui est somme toute rapide puisqu'il n'y en a que trois, et j'ai écouté les messages accumulés sur mon répondeur qui clignotait sur une table basse du salon, à côté de la photographie de Florence, mon ex-femme, qui me souriait. C'est ainsi que parmi eux j'ai découvert celui d'Eugène :

« Tu vas rire, me disait-il, j'ai un vilain cancer. »

II

En vérité je n'ai pas ri, mais j'avoue avoir souri. De douleur sans doute. Ou plutôt de tristesse. De dépit. Un sourire de joueur d'échecs battu par plus fort que soi. Depuis quelques années, la mort m'encercle. Elle cherche à m'enclore. À s'approcher au plus près de moi. Afin de me tâter un peu. Pour me faire comprendre que je vieillis ? Qu'il faut que je m'attende à elle ? Que le match a commencé alors que je n'ai pas encore l'impression qu'on m'ait tiré des vestiaires ? Peut-être.

Dans un de mes nombreux carnets où s'amoncellent des notes que je ne relis jamais, je me suis souvenu d'avoir collé une petite reproduction d'une gravure de Dürer : on y voit un jeune couple d'amoureux qui s'enlace, et derrière eux, à quelques mètres, dissimulée à demi par un arbre, la Mort qui les regarde. La représentation est édifiante, squelette, faux, et le message simple : toute beauté s'épa-

17

nouit à l'ombre du danger dernier. Nous oublions notre condition passagère et notre vie se passe sous le regard de celle qui ne nous oubliera pas. Faut-il pour cela l'intégrer dans le déroulé de nos jours ainsi que le font les Toraja ? Vivent-ils mieux que nous ne le faisons ?

M'ont toujours hanté les mots de Montaigne sur le fait que « philosopher c'est apprendre à mourir », et que « ce n'est pas la mort qui est difficile mais le mourir ». Je ne suis pas un homme du XVIe siècle, accoutumé aux épidémies, aux guerres, à la perte brutale et fréquente d'amis, de parents, d'enfants, et pour lequel déjà un homme de quarante ans était un vieillard. Mais la littérature, celle qu'on lit, nous marque avec la profondeur d'un couteau planté dans un organe, sans que le *pronostic vital* – l'expression m'a toujours enchanté en cela qu'elle associe une mesure légère, celle de l'horoscope, de la prédiction du turfiste, du météorologue, à un adjectif qui nous fait trembler comme une feuille – soit réellement engagé. D'ailleurs, lorsqu'on est en pleine santé, quand donc ce fameux pronostic, sans qu'on n'en sache rien, commence-t-il à s'*engager* ? On dirait, à parler de lui ainsi, un matelot attendant sur un quai son navire.

Je n'ai peur de rien pour moi. Je ne crains pas ce que je ne connais pas, à l'inverse sans doute des premiers hommes à l'aube de l'humanité dont l'horreur ne naissait que de l'inconnu. Habitant du début du troisième millénaire, je sais trop combien ce qui compose mon environnement recèle de puissances létales. Nous avons fait de la terre un vieux fatras toxique et nos sociétés aux vitrines si propres sont de grands dépotoirs masqués, gorgés de poisons innombrables et de charges explosives. Non, ma peur ne provient pas d'une absence de connaissances, mais d'un trop-plein, et je crains bien entendu davantage la disparition de ceux qui m'entourent que la mienne, ce qui n'est pas comme on pourrait le croire le contraire de l'égoïsme, mais sa forme la plus achevée.

J'ai appelé Eugène et il a décroché aussitôt. Sa voix était heureuse. Normale. Il a tenté de me faire parler de mon voyage et j'ai tenté de le faire parler de son cancer. Ce fut un dialogue de sourds, auquel nous avons mis fin rapidement sur la promesse que nous dînerions ensemble le soir même.

Ma valise était encore dans l'entrée de l'appartement. L'image m'a frappé soudain. En la découvrant ainsi posée, un spectateur aurait été incapable de savoir si cette valise témoignait d'un retour ou d'un départ. Cela m'a fait penser que, si nous n'avions pas les moyens, parfois, de découvrir la vérité de simples mises en scène comme celle-là, comment pourrions-nous prétendre connaître celle de mystères plus opaques ?

Sous la douche, j'ai songé à Eugène. À comment j'allais le regarder, l'embrasser. Fallait-il que je me montre soucieux d'emblée ou plutôt rassurant ? Léger ou grave ? Devais-je aborder le sujet de front ou lui laisser l'initiative ? L'eau brûlante coulait sur mes épaules. J'étais là depuis dix minutes, et je ne savais toujours pas comment j'allais procéder avec lui. Je me suis soudain senti ridicule. Qu'avais-je besoin de préparer nos retrouvailles ? Il ne s'agissait pas d'un entretien d'embauche, ni de l'oral d'un examen. Je me rendais compte combien ce qu'il m'avait annoncé avait commencé à changer la donne. À quel point le fait qu'il m'ait dit être atteint d'un cancer parvenait à modifier l'appréhension que j'avais de lui, comme si, chargé désormais de cette maladie, il n'était plus tout à fait l'homme que je connaissais, mais devenait une créature en partie étrangère et avec laquelle je ne savais pas encore comment il fallait que je me comporte.

Le mot *cancer* dans nos sociétés résonne comme une antichambre de la mort. On ne guérit jamais d'un cancer. On est *en rémission* dans le meilleur des cas – la rémission des péchés est-elle du même ordre que celle-là ? Une sale maladie qui a pourtant un joli nom, mais que beaucoup de nécrologies et d'avis de décès choisissent de faire disparaître derrière des périphrases qui parlent le plus souvent de *longues maladies*. Il s'agit souvent d'un mensonge d'ailleurs, car il existe des cancers très pressés, qui détruisent les corps en quelques mois, voire en quelques semaines, impatients sans doute de s'attaquer à d'autres corps. La clientèle est nombreuse. Elle ne tarit jamais.

J'ai remarqué aussi que depuis quelques années on ne parle plus de *cancérologues* pour désigner les médecins spécialisés dans la maladie, mais d'*oncologues*. Le mot est plus imprécis, sourd jusque dans sa musique, rassurant peut-être. Je ne sais pourquoi je l'associe au domaine des fruits de mer, à la pêche à pied en juin sur une plage bretonne, un peu fraîche, aux violentes senteurs d'iode et de varech. Oui, pour moi, un *oncologue* est un retraité solitaire, peut-être veuf, qui profite de son temps désormais constamment libre pour parcourir chaussé de bottes en caoutchouc jaune par temps de marée basse les étendues sableuses, piochant dans les mares et les anfractuosités de rocher pour y trouver des poissons emprisonnés, grattant les pierres sur lesquelles moules, bulots et oursins se tiennent serrés comme des familles de réfugiés. *Oncologue*, un mot de cruciverbiste ou de jeux télévisés.

Nous avons beaucoup ri, Eugène et moi, pendant le dîner. Un peu trop. Et bu aussi. Surtout moi. Bordeaux bien sûr. Car Eugène n'aime que le Bordeaux rouge, mais ce soir-là, en rentrant chez moi, je me souvins qu'il n'avait que peu touché à son verre.

Nous nous étions retrouvés dans notre brasserie préférée, celle que nous fréquentons depuis des années, dans le 9e arrondissement. J'aime la vie un peu lente qui s'y joue. Nous avons *notre* table. Les serveurs, qui sont trois, Michel, Gérard et Jean, nous connaissent et nous appellent par nos prénoms, mais en nous vouvoyant. Ils ressemblent à

21

des serveurs de brasserie qui forment, on le sait, l'aristocratie du métier : haute stature, moustache, ventre, tablier large et blanc, nœud papillon noir. Ils savent à la perfection préparer un tartare, lever les filets d'une sole, flamber des rognons ou des crêpes Suzette. Tout cela a un côté très Sautet, période *Garçon !* J'ai toujours aimé quand la vie ressemble au cinéma.

Eugène a pris un foie de veau et moi une andouillette. Nous nous étions auparavant partagé un poireau vinaigrette, et avons fait de même avec un millefeuille en dessert. Deux cafés. L'addition. Pour Eugène, qui ne se laisse inviter qu'une fois par an, le jour de son anniversaire, le 28 mai.

Dans ma poche, j'ai gardé durant tout le dîner le paquet de *kretek* que je voulais lui offrir. Je suis reparti avec. Comme avec tout ce que je voulais lui dire sur les Toraja, les rites mortuaires, l'arbre aux enfants. Eugène était arrivé après moi. J'étais assis sur la banquette depuis dix minutes. Gérard m'avait apporté un verre de Rully blanc tout en me complimentant sur ma mine. La porte tambour s'est mise à tourner. Eugène est apparu. Toujours le même, le visage radieux. Éternel jean. Éternel blazer bleu. Chemise blanche. Mocassins bruns. Allure adolescente. Chevelure dense, poivre et sel. Je me suis levé. Nous nous sommes embrassés et serrés dans les bras, peut-être un peu plus longtemps que de coutume. Je pense que c'est moi qui ai sans le faire exprès prolongé l'étreinte.

Eugène est mon producteur et mon meilleur ami. Il a d'abord été mon producteur puis, progressivement, est devenu mon meilleur ami. Je ne sais pas si je suis le sien. Je préfère ne plus me demander ce genre de chose. On ne sait jamais vraiment ce que nous sommes pour les autres et je dois à des désillusions de cette nature quelques-uns de mes plus vifs chagrins.

J'ai raconté Sulawesi, les ciels, les chemins de terre rouge, les forêts hantées par les cris des singes, les marchés de nuit, l'adorable puanteur des braseros sur lesquels cuisent les viandes, l'infini qui se reflète sur les lacs, les vieilles Américaines aux cheveux roses, le petit enfant qui était venu vers moi tandis que je marchais sur le mince talus entre deux rizières hérissées de pousses de paddy, et qui m'avait donné sa main. Je l'avais saisie, ému, croyant qu'il voulait que je le rassure et l'aide à cheminer, alors qu'en vérité, je m'en étais rendu compte un peu plus tard, c'était lui qui, m'imaginant très vieux, pensait m'aider ainsi à ne pas tomber.

C'est au moment du millefeuille que j'ai osé me lancer. Eugène n'avait pas abordé le sujet de tout le dîner. Il semblait si heureux. Il semblait tellement *comme avant* que je me demandais si je n'avais pas rêvé le message du répondeur.

« Quand j'ai dit *vilain*, c'était pour te faire peur. Il n'a rien de vilain. C'est un cancer ordinaire, un débutant qui plus est. Sans doute un amateur. Tout a été pris à temps. Une petite tache sur le poumon gauche. J'ai vu les meilleurs spécialistes. Ninon s'est occupée de tout. Une brève intervention suivie d'une chimio légère, et on n'en parlera plus. »

Ninon est la fille aînée d'Eugène. Elle est médecin psychiatre. Elle vient juste de s'installer. Eugène a cinq enfants. De cinq femmes différentes. Le dernier n'a pas six ans. « J'en ai eu pour toi », me dit-il souvent. Eugène tombe amoureux souvent. Et quand Eugène est amoureux, il fait un enfant.

Eugène s'est tu. M'a souri. A piqué un morceau de millefeuille sur sa fourchette, l'a dégusté en fermant les yeux, puis il m'a dit, en pointant la pâtisserie :

« Dieu existe, tu sais. C'est incontestable. »

Puis il a levé son verre et nous avons trinqué, à Dieu, au millefeuille, à nous, à la vie.

Eugène est mort moins d'un an plus tard, le 23 février 2013. Son cancer était vraiment vilain et il n'a cessé en quelques mois de le devenir davantage. Ce n'était pas un débutant comme il l'avait cru, mais un vieux professionnel qui a fait son travail avec méthode. Un tueur à gages aguerri. La semaine précédant sa mort, lors des visites quotidiennes que je lui faisais dans le service de soins palliatifs de l'hôpital, je lui ai enfin raconté l'arbre du pays Toraja. La morphine détendait son visage que les traitements successifs avaient gonflé. Il n'avait plus un seul cheveu sur le crâne. Un acteur italien qu'il aimait beaucoup lui avait offert un chapeau de jardinier, en paille tressée, qu'il ne quittait plus.

Il appelait son lit roulant sa *brouette*. Il m'a écouté les yeux mi-clos, avec un sourire sur les lèvres. J'ai posé le paquet de *kretek* sur sa table de nuit. Je l'ai embrassé sur les joues qui depuis quelques semaines étaient constamment froides, comme un marbre. Il m'a retenu avec sa main et m'a dit à l'oreille : « La mort fait de nous tous des enfants. »

Comme mon visage manifestait une certaine incompréhension, il a ajouté :

« Je te dis cela pour ton arbre. »

Ce furent les derniers mots que j'entendis de sa voix.

Le lendemain il a glissé dans un bref coma duquel il n'est plus jamais sorti.

III

Je me rends compte que j'écris en mêlant des temps, le passé simple, le présent, le passé composé, l'imparfait dont les règles du récit d'ordinaire n'autorisent pas la cohabitation. Lorsque je filme, je ne me pose pas cette question. Je laisse glisser les plans un à un, sans jamais recourir à des retours en arrière pas plus qu'à des bonds en avant. Très tôt le cinéma m'a paru un art tendu vers le devenir. Le devenir des personnages, des situations, des décors, des nuages poussés par le vent. J'ai toujours considéré que la chirurgie opérée sur le temps, à l'exception des ellipses qui ne sont en somme que des compressions, des retraits de moments vides pour la dramaturgie où, paradoxalement, en coupant du temps on en fabrique, n'était pas morale – j'emploie parfois des grands mots. Qu'un cinéaste ne pouvait se prévaloir de ce droit qu'aucun humain ne possède, même si beaucoup en rêvent : pouvoir revenir dans des instants perdus du passé. Ou goûter par avance ce que sera l'avenir.

La littérature en revanche est un cabri que ne retient aucun licol. Elle peut tout et c'est le plus libre des arts. Eugène m'avait offert *L'Invention de Morel* d'Adolfo Bioy Casares. « Cela devrait te plaire. » Cela m'avait plu. Eugène était un producteur qui lisait des livres. Il n'y en a guère. Il avait le talent de me mettre sur des pistes, par livres interposés, quand je travaillais sur un sujet, même si les récits et romans qu'il m'indiquait ne me paraissaient pas, après la première lecture, avoir de rapports directs avec le film que j'essayais d'écrire.

La fameuse invention du roman de cet auteur argentin consiste en une machine qui permet d'enregistrer des moments de la vie, et de les faire se rejouer à l'identique, aussi aisément qu'en faisant tourner un disque. Le héros a donc trouvé le moyen de s'affranchir du temps, tout du moins de certains fragments prélevés dans son écoulement inexorable et promis à la destruction qu'il opère sur toute chose, comme l'a écrit Ovide il y a plus de deux mille ans.

Le scénario qui m'occupait alors prenait son assise dans un événement autobiographique : le suicide d'un camarade d'adolescence, Jean-Christophe, qui s'était donné la mort à dix-neuf ans, ne supportant pas que celle qu'il aimait ne l'aimât pas. Aujourd'hui encore, en évoquant son souvenir, ses traits apparaissent dans ma mémoire avec un dessin d'une exactitude incomparable, alors que je peine à me souvenir des visages de certaines de mes connaissances pour peu que je ne les fréquente plus pendant quelques mois.

Jean-Christophe n'était pas à proprement parler un ami intime, mais durant six ans nous avions partagé le même quotidien ennuyeux d'un internat de province, situé en Lorraine, à une vingtaine de kilomètres de la petite ville où je suis né. Ma mère m'y avait placé en raison de la qualité de l'enseignement qu'on y prodiguait. Elle espérait pour moi une carrière qui me fît sortir du milieu paysan et ouvrier dans lequel notre famille avait vécu depuis des siècles. Sur ce point, elle n'a pas fait un mauvais pari.

Je me souviens que Jean-Christophe fumait des gitanes. Il avait commencé tôt. En classe de 4e, il me semble. Hiver comme été, il ne portait qu'une simple chemise blanche, ouverte sur la poitrine. Il paraissait ne jamais avoir froid. Ses yeux regardaient toujours au-delà. Au-delà du visage de son interlocuteur. Au-delà du visage du professeur qui l'interrogeait. Au-delà de l'horizon, lors des promenades du mercredi après-midi. Au-delà du temps lui-même peut-être.

La dernière fois que j'ai parlé à Jean-Christophe, c'était une nuit, dans la salle d'eau contiguë à notre dortoir. Nous avions l'habitude de nous retrouver à quelques-uns pour discuter philosophie, musique, et fumer des cigarettes par la fenêtre ouverte sur le noir. Nous étions en terminale. Cette nuit-là, je me suis disputé avec lui, je ne sais plus à quel sujet. Je me souviens que j'ai eu des propos durs à son encontre, que j'ai cherché à l'humilier par le langage que je maniais plus aisément que mon camarade, dont les lèvres un peu épaisses ne paraissaient jamais vouloir tout à fait se défaire des mots qu'elles prononçaient.

Nous étions à la fin de l'année. Les épreuves du baccalauréat commençaient quelques jours plus tard. Nous ne nous sommes plus jamais adressé la parole. Après l'altercation nocturne, je me suis senti gêné et honteux vis-à-vis de lui, mais je n'ai rien fait pour le lui dire. Nous avons quitté le lycée, avons tenté chacun de notre côté quelques pas dans une vie où l'autre n'avait plus sa place. Il ne me manquait pas, et je crois pouvoir dire sans mentir que je ne devais pas lui manquer non plus. Un an plus tard, une connaissance commune croisée dans une rue de Nancy où je m'étais inscrit à l'université m'apprit le suicide de Jean-Christophe.

Je ne sais pas si le souvenir de sa mort est présent en moi – avec une constance, un chagrin et une netteté qui ne faiblissent pas – parce que je n'ai pu me faire pardonner de lui avoir fait de la peine, ou parce que son geste, définitif, était aussi tout à fait inutile. La jeune fille pour laquelle il s'est donné la mort ne l'a jamais su. Dire qu'elle n'en valait pas la peine est une évidence. Et ce n'est pas de sa valeur personnelle dont je parle, mais du lien entre son existence sur cette terre et le retrait d'une vie de cette même terre qu'elle a involontairement provoqué.

À la fin de la partie « Un amour de Swann » dans le premier volume de la *Recherche du temps perdu*, Proust fait dire à Swann à propos d'Odette : « Dire que j'ai gâché des années de ma vie, que j'ai voulu mourir, que j'ai eu mon plus grand amour, pour une femme qui ne me plaisait pas, qui n'était pas mon genre ! » Je n'ai jamais pu lire ces lignes sans songer à Jean-Christophe, sans revoir ses yeux vagues et lointains, ses doigts autour de sa cigarette, sa silhouette blanche et maigre dans la cour du lycée battue par le vent d'hiver, et la salle d'eau dans laquelle avait eu lieu notre dispute. Il me semble d'ailleurs que cette nuit-là, quand je suis sorti de cette salle, il y avait aussi un peu d'eau dans les yeux de Jean-Christophe, et mon cœur relevait de la définition que Pascal donne du cœur des hommes et que j'ai lue plus tard : il était « creux et plein d'ordure ».

J'ai longtemps cherché comment rendre compte de cela dans un film, tout à la fois du souvenir de mon ami, ou plutôt de la prégnance de ce souvenir, la façon dont il avait en quelque sorte décidé de ma vie, et de la phrase désabusée de Swann, de Swann qui constatait un gâchis, mais d'un Swann vivant, qui a choisi la vie et repoussé la tentation de la mort.

Le remords, le temps, la mort, le souvenir ne sont que les différents masques d'une expérience qui n'a pas de nom dans la langue, et qu'on pourrait au plus simple désigner par l'expression *usage de la vie*. Quand on y pense, toute notre existence tient dans l'expérimentation que nous en faisons. Nous ne cessons de nous construire face à l'écoulement du temps, inventant des stratagèmes, des machines, des sentiments, des leurres pour essayer de nous jouer un peu de lui, de le trahir, de le redoubler, de l'étendre ou de l'accélérer, de le suspendre ou de le dissoudre comme un sucre au fond d'une tasse.

Eugène m'avait écouté, les pieds sur son bureau, tout en buvant un thé et en fumant une de ses Craven A sans filtre qu'il allumait à la chaîne. Nos séances duraient parfois des heures. L'un écoutait l'autre. Il y avait peu de conversations réelles. Je pense qu'il nous fallait quelques jours et quelques nuits sans nous voir pour que les paroles de l'un provoquent des paroles chez l'autre, dont il lui rendait compte la séance suivante. Nous avions ainsi notre rythme de travail. C'est quelques jours après que je lui avais parlé du suicide de Jean-Christophe qu'Eugène m'offrit *L'Invention de Morel*.

« Cela devrait te plaire. »

Le film s'est appelé *Pas mon genre*. Je l'ai tourné avec des acteurs portugais, entièrement à Lisbonne qui est une ville magnétique et singulièrement humaine. Curieusement, les surréalistes français l'ont peu célébrée. Il me semble pourtant que si le monde possède en quelques endroits le pouvoir de se retourner comme un gant, Lisbonne à coup sûr fait partie de cette géographie élective, pleine de passages, de corridors doubles, de cités secondes, de satin et de pierres blanches. Je pourrais, je crois, en dire de même de Montevideo que j'ai découverte plus tard, et aussi de Valparaiso.

Nous étions au tout début des années 2000. Ce fut un tournage délicieux, avec une équipe des plus réduites et des comédiens merveilleux. Eugène venait souvent nous voir. Il arrivait le jeudi soir par le dernier vol et repartait le lundi matin. Il était amoureux cette année-là. Elle s'appelait Angelina. Elle travaillait chez un bottier. Une Italienne avec un accent floral. Cela dura peu de temps. Pas assez pour qu'il lui fît un enfant. C'était un été très doux. Une fin d'été plutôt. Nous passions des soirées à boire du *vinho verde* dans des bouis-bouis du *Bairro Alto*, à grignoter de grosses olives violettes et à manger des sardines qui avaient cuit sur les grils de petites cours intérieures aux murs tapissés d'azulejos.

J'étais encore marié en ce temps-là. Florence se blottissait contre moi, un châle gris ramené sur les épaules. Nous écoutions Eugène en souriant à la vie. Au ciel il y avait des étoiles comme des yeux nous regardant. Nous habitions dans un appartement qui rappelait une vaste cellule de moine, aux murs badigeonnés de chaux, et dont le sol irrégulier était fait de pavés de terre cuite hexagonaux, couleur de lave.

Un personnage du film s'appelait Jean-Christophe. Ce n'était nullement un jeune homme mais au contraire un vieillard qui tenait une librairie de livres anciens. Je l'avais vêtu avec ma costumière comme l'était mon ami d'adolescence, chemise blanche très ouverte, qui dévoilait une poitrine à la peau tavelée couverte de fins poils gris, pantalon de toile noire. Jean-Christophe était devenu vieux. Grâce à moi. Grâce au cinéma. Il lisait Proust et contait l'histoire de Morel à une jeune femme qui ne se savait pas aimée par un jeune garçon qu'elle croisait chaque jour quand elle se rendait à son travail.

Pas mon genre est un film sur les voies parallèles, les corridors du temps. On s'y croise beaucoup. On s'y étreint peu. La ville et l'océan servent de repères éternels à des échanges fugaces. Les personnages s'attachent aux lieux mais ceux-ci ont la beauté élégante et placide des indifférents. Personne ne meurt dans ce film, mais tout finit par disparaître. Sauf la ville.

Ce fut à Eugène et à moi notre plus grand succès public, ce qui est à nuancer immédiatement car jamais nous ne connûmes de vrai succès. Disons que *Pas mon genre* ne fut pas un échec, et qu'il est parvenu à toucher une certaine catégorie de femmes et d'hommes qui sans doute, comme nous, se souciaient du temps et de la vie, des nœuds et des boucles, des visages qui glissent et s'estompent, des voix qui résonnent et des souvenirs blessés qui jamais ne parviennent à s'apaiser ni à s'évanouir.

IV

Lorsque Eugène m'a annoncé sa maladie, je n'avais comme expérience de la mort de proches que celle de mon père, quatre ans plus tôt, qu'on avait trouvé près de son lit, ayant terminé sa vie à l'aube d'un matin d'été, agenouillé sur ses quatre-vingt-neuf ans, ainsi que celles, plus lointaines, de compagnons en montagne. Ces dernières, tragiques et brutales, avaient touché des êtres jeunes, en pleine possession de leurs moyens physiques. Accidentelles, elles étaient le résultat d'une passion pour l'altitude et le risque, deux données auxquelles la grande majorité des êtres humains jamais ne se confrontent. L'alpinisme fut pour moi une passion violente, dont je peine aujourd'hui encore à guérir, même si mon corps, vieillissant peu à peu, me ramène d'année en année à la raison et à la mesure.

Je ne sais pourquoi à l'adolescence a commencé à naître et grandir cet amour immodéré pour l'escalade et les sommets. Personne dans ma famille ne s'intéressait à aucun sport et nous ne partions jamais en vacances, faute de moyens. La Lorraine est composée principalement de paysages de campagne, et même si les Vosges sont des montagnes, l'érosion les a réduites à des ballons aux formes rondes et à l'altitude modeste. Il me semble là encore que c'est la littérature et le cinéma qui m'ont désigné ce que le monde ne m'avait pas alors permis de voir. Et je dois à la fois ma soif et son contentement aux romans de Frison-Roche, aux livres de Samivel, de Gaston Rébuffat, aux films allemands de l'entre-deux-guerres comme *La Lumière bleue* dans lesquels Leni Riefenstahl, actrice et réalisatrice, semble possédée par une ivresse du vide et de l'effort que je n'avais jamais expérimentée, à ceux de Marcel Ichac, de René Vernadet, de Gérard Herzog, et à bien d'autres encore, obscurs documentaires d'expéditions himalayennes tournés en 16 mm par des mains engourdies dans lesquels des créatures recouvertes par de multiples couches de duvet, les yeux disparaissant derrière des lunettes de soudeur, avancent pas à pas, courbées contre le vent, sur une interminable arête de neige, comme si leur but était un peu plus loin de marcher enfin sur le ciel lui-même.

L'alpinisme n'est pas seulement un sport, c'est un désir de mesurer la disparité des proportions, celles de l'espace comme celles du temps. L'homme qui grimpe se confronte à des éléments à l'aune desquels sa taille et sa durée dans le monde représentent une quantité négligeable, si infinitésimale qu'elle serait écartée dans ses calculs par le plus scrupuleux des mathématiciens. Là-bas, là-haut, nous ne sommes rien. Et les efforts que nous produisons pour nous donner l'illusion que pendant un bref instant nous sommes maîtres du lieu, sous prétexte que nous sommes parvenus à tracer une voie et atteindre un sommet, laissent indifférentes les masses considérables de glace et de pierre parmi lesquelles nos corps souffrent, nos doigts s'écorchent, nos lèvres se craquellent et nos yeux brûlent.

L'alpinisme est une leçon rugueuse de philosophie. Mais il y a aussi dans le sentiment qui étreint celui qui arrive enfin en haut de la voie qu'il a tracée, et contemple à ses pieds le monde d'où il vient et vers lequel très vite il lui faudra redescendre, une joie qui ne comporte aucune paille, aucun défaut. Il m'a toujours semblé qu'en ces territoires, à proprement parler *inhumains*, pouvaient s'éprouver au plus haut degré les sentiments *humains* qui portent et justifient nos vies, débarrassés miraculeusement des grossières souillures dont le monde les charge.

Ainsi s'explique le jeu avec le danger et parfois la mort. Mais ce n'est jamais elle que l'alpiniste cherche en montagne. Il s'agit plutôt pour lui d'explorer le plus loin possible cette expérience des sentiments purs dont je viens de parler, d'atteindre leur perfection, leur quintessence de ses sentiments et de jouir du vertige qui nous saisit quand nous les ressentons, augmentés par la fatigue qui plie, malaxe, malmène divinement chaque muscle de notre corps comme une main de masseuse forte et violente. Quand j'essayais d'expliquer cela à Eugène, il s'enrubannait dans la fumée de sa Craven A et me souriait de façon moqueuse.

Je revois les visages de Marco, d'Alain, de Tipol, de Nicolas, de Chloé, des deux Patrick. Tous morts en montagne, dans les Alpes, les Andes, le Karakorum, dans le cirque des Annapurna, au Spitzberg. Je les revois vivants, avant leur départ, dans les derniers moments, jeunes futurs morts buvant des bières à la terrasse de cafés chamoniards où nous nous vautrions dans nos puanteurs de grimpeurs mal lavés, regardant passer les garçons et les filles, les belles filles des étés infinis, et qui nous regardaient elles aussi, nous qui étions sales et brûlés par le plus haut des soleils, celui des dieux et du vide.

J'apprenais leur mort par un coup de téléphone, le télégramme d'un copain, une brève notice dans un journal. C'était toujours des morts lointaines, détachées de ma vie, même si parfois je connaissais le lieu où ils avaient disparu, que je pouvais imaginer leur tombeau immense, battu par les vents, les chutes de pierres, de séracs et les avalanches. Pour moi, ils n'étaient pas tout à fait morts. Ils n'étaient plus dans la vie. Ce n'était pas la même chose.

Puis il y eut Gary, et ce fut différent. J'ai dormi trois nuits à côté de son corps. Dormir n'est pas le mot. Je n'ai guère fermé l'œil. Gary quant à lui a gardé les siens grands ouverts. Je ne suis pas parvenu à les lui fermer. Le mauvais temps nous avait surpris dans la descente des Dames Anglaises, qui sont deux sentinelles de granit coupant l'élégante arête de Peuterey qui court côté italien jusqu'au sommet du Mont-Blanc, et dont on peut voir de Courmayeur l'immense dessin de roche noire et de dentelle de neige.

Nous avions vingt-huit ans tous les deux. Nous grimpions ensemble depuis six ans déjà. Nous formions une cordée, c'est-à-dire une entité qui n'existe pas en dehors de ce monde de l'altitude : un couple d'êtres humains, dont chaque membre remet dans les mains de l'autre sa vie, à chaque instant, aveuglément. L'orage s'était abattu sur nous avec une rapidité imprévisible. Depuis notre réveil à notre bivouac, il faisait certes un peu trop chaud à cette altitude pour la saison – nous étions mi-juin – mais nous n'y avions pas prêté attention. Quelques nuages avaient commencé à verser dans le ciel un lait sale, des stratus inoffensifs et lents, puis ce furent vers les Jorasses, venant de la Suisse, des rouleaux bas gonflés et noirs comme d'immenses varices, poussés par un vent qui n'était que silence mais courait sur le bleu du ciel comme les vagues beiges de grandes marées sur les grèves.

Gary glissait dans le dernier rappel quand j'ai entendu autour de moi voler les abeilles, comme on désigne dans ce milieu le phénomène sonore d'électricité statique, et vu se couvrir de flammèches bleuâtres et jaune citron la pointe de mon piolet et le bouquet de coinceurs et de pitons qui pendait à mon baudrier. Quand j'ai levé la tête vers Gary pour l'avertir, il était au milieu du rappel et tournait sur lui-même en dessous d'un surplomb. Il chantait à tue-tête. Un air des Stones. *Gimme Shelter*. Mais le vent déjà emportait les paroles et rabattait vers lui les nuages qui faisaient disparaître le haut des Dames.

L'éclair, orange et zigzagant, sortit soudain de la masse grise et frappa mon compagnon, le touchant, il me semble, au niveau de la poitrine. Il lâcha la corde et son descendeur libéré le fit précipitamment chuter, comme une balle de tissu pendouillante. Les nœuds d'arrêt que je faisais toujours au bas des deux brins du rappel le stoppèrent net, à un mètre de moi. L'élasticité de la corde lui fit faire quelques rebonds, comme un pantin, puis il finit par s'immobiliser, les bras le long de son corps, inerte, la tête basculée sur son épaule droite. Un peu de sang s'écoulait de ses deux oreilles. Ses lèvres bougeaient. Il murmurait quelque chose que je ne parvenais pas à comprendre. Ses yeux regardaient un point lointain, derrière moi. Je fis au plus vite pour le libérer de la corde, le vacher au relais, l'asseoir sur la petite vire où nous pouvions tenir à deux. Deux autres éclairs claquèrent près de nous, faisant éclater des blocs de rocher qui s'écroulèrent dans le vide. Montèrent des profondeurs des odeurs de poudre et de gravier mouillé. Puis l'orage continua plus loin sa colère. Le brouillard nous déroba au paysage. La température s'effondra et bientôt les premiers flocons se mirent à voleter autour de nous.

Yeah, a storm is threatening
My very life today
If I don't get some shelter
Lord, I'm gonna fade away.

Gary chantonnait. Mon compagnon quittait la vie sur un air des Rolling Stones. Je l'avais installé tout contre moi et l'avais recouvert de sa doudoune, de la toile de notre tente. J'avais ôté son casque et lui avais passé sa cagoule, et, sur ses mains, une paire de gants de soie et ses grosses moufles de laine. Il neigeait dru. Le sang continuait à suinter de ses oreilles. Un écoulement mince, ininterrompu, qui séchait vite dans sa nuque et sur le bord de la cagoule, la colorant de traînées d'un rouge sombre. Il ne répondait à aucune de mes questions, à aucune de mes sollicitations. Il paraissait ne plus me voir ni m'entendre. Il donnait l'impression de ne pas souffrir. Son visage était calme. De temps à autre il me semblait y voir un sourire. Je chassais les flocons qui se déposaient sur lui avec insolence. Je lui tenais les mains. J'ai tenté de lui faire boire ce qui restait dans la thermos, mais le thé s'écoula sur le bord de ses lèvres qui ne cessaient de murmurer :

If I don't get some shelter
Lord, I'm gonna fade away
Lord, I'm gonna fade away
Lord, I'm gonna fade away.

Il y eut la première nuit.
Interminable. Qui valait mille nuits.
Au matin suivant, Gary avait cessé de chanter.
Puis il y eut les deux nuits suivantes.
Et ensuite toutes les autres.
Toutes les autres qui sont ma vie.

Lord, I'm gonna fade away
Fade away, fade away...

Dans le tiroir de ma table de chevet, j'ai la dernière photographie que j'ai prise de Gary, quelques heures seulement avant l'accident. Il est au sommet de la Noire de Peuterey. Il sourit. Il me regarde. Il a vingt-huit ans. Il est dans l'exubérante beauté de la jeunesse. Il ne sait pas encore qu'il s'apprête à se retirer du Temps. Je prends souvent la photographie dans mes mains. Je le regarde d'où il est. Je lui rends son sourire. Ou c'est à moi que je souris, un moi lointain et qui n'est plus.

J'ai mis des années avant de pouvoir raconter à Eugène l'histoire de Gary, arrêté par la crainte de trahir un ami mort en le livrant à un ami vivant. Et un jour je lui ai tout dit. C'était l'hiver. Il neigeait au-dehors. Une neige en appela une autre. Eugène m'écouta en fumant ses Craven A.

Quelques jours plus tard, il m'offrit *Ascension* de Ludwig Hohl, un récit limpide de montagne et d'amitié.

« Cela devrait te plaire. »

V

Nous autres vivants sommes emplis par les rumeurs de nos fantômes. Notre chair et la matière de notre âme résultent de combinaisons moléculaires et du tissage complexe de mots, d'images, de sensations, d'instants, d'odeurs, de scènes liés à celles et ceux que notre existence nous a fait côtoyer de façon passagère ou durable. Poursuivre sa vie quand autour de soi s'effacent les figures et les présences revient à redéfinir constamment un ordre que le chaos de la mort bouleverse à chaque phase du jeu. Vivre, en quelque sorte, c'est savoir survivre et recomposer.

J'ai toujours trouvé admirable la force qu'ont les hommes de *durer*. Dans le XXe siècle dont je suis issu, les civilisations ont engagé leur savoir dans deux voies majeures et contradictoires : la recherche d'instruments d'extermination de plus en plus efficaces, et l'amélioration de conditions d'existence et de préservation de l'espèce humaine. Ils l'ont fait dans les deux cas grâce au secours de la science : physique et chimie pour les productions létales, médecine et pharmacopée afin de maintenir l'homme le plus longtemps en vie et dans le meilleur état possible. Au croisement de ces deux voies, se sont greffés quelques poteaux indicateurs qu'on pourrait résumer hâtivement sous le nom d'idéologies. Censées indiquer un chemin, un usage du monde et un projet social, elles ont la plupart du temps rempli le rôle de ces naufrageurs qui jadis sur les côtes dangereuses allumaient des lanternes qu'ils attachaient aux cornes d'une paire de bœufs pour attirer les navires, les faire se fracasser et les piller. Les bateaux en l'occurrence, on le sait, étaient chargés de centaines de millions d'hommes. Lorsque j'entends Monsieur Bellagar jouer au-dessus de ma tête sur son piano désaccordé des airs trébuchants, il me semble entendre la musique du siècle où se mêlent la folie douceâtre des utopies qui se sont révélées absurdes, et la douleur amère qui a résulté de leur effondrement.

Quand Eugène eut terminé sa première chimiothérapie, les examens de contrôle montrèrent que la tumeur avait été entièrement détruite. Mon ami crânait. Cela avait été en définitive bien peu de chose. Même pas mal. Même pas peur. Et comme pour faire un peu plus le malin, il fit composer par l'artiste flamand Wim Delvoye une sorte de *vanité* grâce à laquelle il allait pouvoir méditer à loisir : sur un mur de son bureau, trois clichés radiographiques encadrés montraient la tache sur son poumon, petite noix d'un noir mat, anodine et désormais disparue. Ils sont aujourd'hui dans ma chambre au-dessus de la tête de mon lit, là où jadis on avait coutume de placer un crucifix.

Nous eûmes lui et moi de longues discussions sur les dysfonctionnements du corps, sur le mal et sa programmation, dans les sociétés et dans nos organismes, sur la faculté d'agir pour enrayer les mécanismes de dégénérescence ou sur le fait que, peut-être, dès notre naissance, et dès la naissance des civilisations, se met en marche un processus comparable au compte à rebours de multiples bombes intérieures dont les déclenchements et les formes, les puissances et les effets varient selon les individus et les peuples, et dont ils ne peuvent, quoi qu'ils fassent, empêcher la mise en œuvre.

Un remarquable Cos d'Estournel 1995 nous aida à éclaircir nos idées et à les mener au plus loin : tout cela au fond n'était pas sans rapport avec les débats qui avaient agité au XVIIe siècle les théologiens et les philosophes à propos du salut de l'âme, de la prédestination, de la grâce suffisante et de la grâce efficace. Ce qui s'était dit concernant l'âme pouvait peut-être se transférer sur le corps ? À quoi bon faire des efforts pour l'entretenir et le ménager si en définitive tout cela ne servait à rien en vertu de la théorie qui consisterait à affirmer que nous naissons dans un corps contenant déjà les ferments de son déclin et de sa mort, et que rien – ni régime, ni sport, ni précautions particulières – ne pourrait nous en sauver ?

Eugène parlait de sa tumeur détruite comme d'une entité intelligente. Ce mal en lui, il aurait aimé le connaître. Il se persuadait qu'elle était une sorte de kyste ayant amalgamé ce que sa vie avait produit ou subi de charges négatives – expériences aigres, déceptions, chagrins amoureux, échecs professionnels, mésestime de soi.

Quand j'évoquais plus raisonnablement les Craven A avec la fumée desquelles il embrumait ses poumons depuis ses dix-huit ans, il rejetait l'argument d'un revers de main, bien qu'il eût cessé, ce qui était contradictoire avec son analyse, de fumer. Mais j'avoue que sa théorie, qu'il détaillait avec un visible plaisir et un bagou de bonimenteur, m'intéressa au point de faire apparaître, de façon encore vague, les fils embryonnaires de ce qui serait peut-être un prochain film.

Quand donc tombons-nous gravement malades ? Quand tout va bien ou quand tout va mal ? Dans la monotonie de jours qui se ressemblent ? Ou bien dans le dérèglement, la rupture d'un quotidien égal ? L'irruption d'une maladie comme un cancer, un AVC, un infarctus se produit-elle en raison de circonstances jusque-là non rencontrées et qui bousculent un équilibre ? D'un désir non exprimé de voir se produire *quelque chose* ? D'une usure née de la reproduction interminable du même refrain de l'existence ? D'une routine qui ferait baisser toutes les gardes ? Et peut-on relier le mal et l'homme ? Sommes-nous toujours et simplement les victimes de nous-mêmes, ou les coupables de notre propre chute ?

Ces questions m'occupèrent durant des semaines. Je rencontrai une douzaine de médecins et de chercheurs dont certains me prirent à n'en pas douter pour un fou, mais on pardonne beaucoup aux artistes – leurs pas de côté, leurs manies, leur incongruité, leur maladresse, leur habillement – car on ne les prend en définitive jamais vraiment au sérieux.

La plupart de ces scientifiques me citèrent des évidences, rappelant les facteurs connus de tous – surpoids, manque d'exercice, tabac, alcool – qui augmentent les risques de développer une pathologie. Deux évoquèrent l'imminence de la retraite, une cessation brutale d'activité, un deuil, un divorce, un stress prolongé, la maladie grave d'un proche, comme des événements pouvant la favoriser. L'un m'écouta en hochant la tête, les mains jointes, et me prescrivit des vitamines et un peu de repos. Aucun ne semblait vraiment comprendre ce que j'essayais de leur dire, ou plutôt la voie sur laquelle j'aurais aimé les mener, mais il est vrai que je suis toujours un peu confus quand je m'exprime. Les mots ne me viennent plus aisément dans une conversation comme lorsque j'étais adolescent. Ce n'est pas pour rien que je leur préfère les images, qui ont l'avantage d'être incertaines et rêveuses, et d'offrir à celui qui les conçoit comme à celui qui les reçoit la possibilité de les habiter à sa guise.

VI

Ces jours somme toute stériles me permirent tout de même de faire une rencontre singulière, celle d'une jeune femme qui partageait ma vie, sans le savoir, depuis près d'un an. C'était une de mes voisines. Elle habitait au 6e étage, dans l'autre corps de bâtiment de l'immeuble. La cour mettait entre nous un vide et une distance d'une vingtaine de mètres, mais le fait que j'occupais un étage supérieur au sien me procurait une vue plongeante sur son intérieur. Un store constamment bloqué à mi-hauteur dévoilait sa chambre. Quant à celui de sa cuisine attenante, il n'était jamais baissé. Je ne distinguais que ces deux pièces. La salle de bains devait être située à l'opposé. Elle n'avait jamais paru se préoccuper de ma présence, ni de celle des autres habitants de l'immeuble qui pouvaient apercevoir comme moi ses faits et gestes. Elle laissait allumées les lumières de sa chambre et de sa cuisine. Elle ne pouvait vivre, ni même dormir, semblait-il, dans le noir.

De la fenêtre de mon bureau je voyais sept appartements dont le sien. Avec l'éloignement, l'ensemble ressemblait à un assemblage de cases collées et superposées d'une maquette, aux éléments écorchés d'une maison de poupée dans lesquelles des créatures se livraient à des activités répétitives, rarement frénétiques. J'avais installé ma table de travail – un cadeau d'Eugène, « une table de couturier, pour un metteur en scène, il n'y a pas mieux : vous faites le même métier mais sans le savoir » – devant la fenêtre, ce qui me permettait tout en écrivant et en dessinant de regarder le spectacle de ces vies qui me renvoyaient à la petitesse et à la monotonie de la mienne.

Davantage qu'un plaisir de voyeur, cette *fenêtre sur cour* me fascinait par la miniaturisation des existences qu'elle exhibait. Les êtres humains prenaient subitement la taille de souris de laboratoire. Les abreuvoirs, les roues, les litières, étaient remplacés par des lavabos, des éviers, des réfrigérateurs, des téléviseurs, des ordinateurs, des lits et des canapés, mais au fond la différence était mince : le vivant à l'œuvre témoignait d'un nombre d'actions extrêmement réduit, se nourrir, se divertir, dormir, qui suffisait à le définir et à le rattacher au vaste ensemble constitué regroupé sous le nom de règne animal.

J'avais fini par incorporer ces vies à la mienne, par conjuguer leur emploi du temps au mien, recomposer en quelque sorte une famille dont aucun des membres ne se connaissait mais qui partageaient sans en être totalement conscients des moments communs. Parfois je ressentais le besoin de rêver leurs vies en dehors de ces box dans lesquels leur intimité se relâchait. Me manquait l'aspect social et extérieur de leur existence. C'est ainsi que j'avais imaginé pour la jeune femme du 6ᵉ, la dernière arrivée dans cette mosaïque verticale, à laquelle je ne donnais pas plus de vingt-huit ans, une profession futile, vendeuse dans un magasin de vêtements, esthéticienne, rédactrice dans une agence de publicité, commerciale.

Grande, brune avec de longs cheveux qu'elle lavait trois fois par semaine, elle quittait immédiatement ses vêtements en les jetant par terre dès qu'elle entrait dans l'appartement vers vingt heures chaque jour. Elle enfilait un short de pyjama et un débardeur très échancré, dans lesquels plus tard elle s'endormirait. Elle dînait de façon frugale, un yaourt, quelques fruits, parfois une salade. Le matin, elle prenait en revanche un petit-déjeuner copieux, thé, œufs, céréales, jus d'orange, toasts, fromage. Elle ne rentrait jamais chez elle pour le déjeuner. Après son dîner, elle s'allongeait sur son lit, au-dessus de sa couette, prenait son ordinateur portable sur ses genoux et restait des heures à regarder l'écran qui éclairait son visage d'une lueur lactescente, un visage dont je ne saisissais, en raison de la distance, que l'esquisse.

Le jeudi soir, elle sortait vers vingt-deux heures, après avoir pendant un long moment essayé différentes tenues, toutes habillées et élégantes, autant que je pouvais en juger. Sa chambre se transformait soudain en une cabine de grand magasin. Robes, jupes, bustiers, pantalons, chemisiers passaient de sa peau au sol, du lit à sa peau, de son armoire à sa chaise, revenant par moments sur sa peau pour la quitter de nouveau.

Le fait que, tout au long de ses essayages, elle déambulât à demi nue, sans soutien-gorge, revêtue d'une mince culotte noire ayant la forme d'un bandeau de dentelle qui marquait de façon horizontale ses hanches, masquait son pubis derrière un triangle gazeux et disparaissait en un mince filet sombre sur la partie supérieure de ses fesses, comme un ruisseau d'encre tari, ne participait en rien au plaisir que j'avais à la regarder faire.

« Tu ne me feras pas avaler ça... », avait dit Eugène. Et Florence, avec laquelle je dîne une fois par mois et continue à faire l'amour selon la même fréquence, avant ces dîners, avait d'un regard exprimé la même chose que mon ami.

Et pourtant, que l'on me croie ou non, tous deux se trompaient. La quasi-nudité de ma voisine, même si elle était agréable à observer, n'entrait que pour une part négligeable dans mon plaisir. Ce qui me fascinait en elle, c'était l'indécision de sa nature. Elle me semblait être une créature qui n'a pas encore choisi son statut, ou plutôt pour laquelle rien n'a été choisi : appartenir à la vie, ou bien s'intégrer dans la structure d'un roman, d'un film, d'une pièce de théâtre, d'une nouvelle ? Cela sans doute était dû au fait que son existence, plus encore que celle des autres hommes et femmes que je voyais vivre à quelques dizaines de mètres de moi, de l'*autre côté du vide*, était d'une invariable régularité, que j'interprétais comme le résultat d'une attente, d'une indécision à devenir une construction de l'esprit ou un être réel.

La soirée du jeudi durant laquelle ma voisine cherchait une tenue pour sortir, hésitant sans cesse comme si elle ne pouvait seule se décider à endosser un rôle, m'apparaissait comme la confirmation que le hasard avait placé face à moi ce que je n'avais jamais eu jusque-là l'occasion d'observer : un *personnage*. Un personnage encore vague, mal défini, mouvant, occupé à naître dans l'esprit d'un créateur. La vraie question que je me posais était la suivante : devais-je laisser faire les choses, et prendre ma jeune voisine comme future figure d'un de mes films, laissant mon imagination la modeler et la remplir, habiller son apparence simple, charger sa personnalité pour l'instant relativement creuse et neutre d'une complexité dramatique, ou bien au contraire fallait-il la faire aller peu à peu dans le domaine de la vie, la vie réelle, la mienne, celle de mon voisinage, au gré par exemple d'une rencontre que je pourrais provoquer au bas de l'immeuble, ou dans le local à poubelles, ou bien encore lors d'une réunion de locataires ?

Mon enquête auprès du corps médical mit brutalement fin à cette hésitation que je faisais durer, avec un certain plaisir, depuis des mois lorsque, attendant d'être reçu par un médecin auprès duquel Eugène, par le biais de sa fille Ninon qui avait été une de ses condisciples, m'avait obtenu un rendez-vous, je patientais assis dans le couloir d'une unité de recherche du CNRS située en banlieue sud : je vis sortir du bureau une jeune femme que je ne reconnus pas immédiatement mais dont les traits, et surtout les mouvements, amples, souples, évoquèrent pour moi un air de déjà-vu. Je n'eus pas le temps de préciser mon impression car, comme j'étais le seul à attendre en cet endroit, elle me regarda sans hésitation et, me saluant par mon nom, m'invita à entrer.

« Vous m'excuserez de vous recevoir dans un lieu aussi exigu. Cela vous donnera malheureusement une idée de la façon dont notre pays considère aujourd'hui la recherche et les chercheurs. »

Elle m'indiqua une chaise sur laquelle je pris place avec difficulté tant il est vrai que la pièce était de la dimension d'un placard à balais. Les murs disparaissaient entièrement sous des rayonnages emplis de dossiers et de livres, et aucune fenêtre ne venait aérer cet entassement. J'eus le sentiment d'avoir été soudain placé entre les pages d'un gros volume, comme si on avait voulu m'emprisonner dans une cellule de papier, de phrases, de mots et d'encre. Je peinais à trouver une position, jambes croisées, jambes décroisées, qui me permît de ne pas gêner mon hôtesse. Nous étions de part et d'autre de sa table de travail, mince comme un pupitre d'écolier, et nos visages étaient si proches que je pus distinguer dans ses yeux, d'un brun profond, des paillettes rousses qui se dispersaient comme les poussières de reflets colorés qui nous charment quand nous perdons notre regard d'enfant dans les infinis miroirs d'un tube kaléidoscopique.

Je sentis son parfum aussi, celui de sa peau, celui de son haleine. Elle venait sans doute de manger une orange. J'ai songé à l'Italie, à un vieil oranger couvert de fruits que j'avais photographié il y a quelques années non loin de Ravello, sur la côte amalfitaine. Il était enraciné en bord de route, sur une pente abrupte, et la mer deux cents mètres plus bas semblait vouloir l'attirer dans son vertige de cobalt.

VII

« Je vous écoute. »

La jeune femme me souriait. Elle était vêtue d'une blouse blanche de laboratoire. Elle tenait un long crayon de papier entre son pouce et son index gauches, qu'elle faisait danser pour donner l'illusion qu'il s'amollissait comme un brin de guimauve.

Je tentai de mettre un peu d'ordre dans ma quête confuse, lui résumai mes interrogations et les réponses décevantes, conventionnelles, que j'avais eues jusqu'alors de la part de ses collègues, qui abordaient sans doute le problème d'une manière trop rationnelle.

« Ce qui m'intéresse, lui dis-je, ce ne sont pas les causes physiques qui favorisent l'apparition et la progression d'une maladie grave, mais les circonstances dans lesquelles elle survient, et pourquoi pas aussi sa programmation. Mes questions sont moins médicales que philosophiques » – j'essayai de marquer mon visage d'un sourire ironique lorsque j'employai ce mot, pour ne pas le charger d'un trop grand sérieux.

« J'ai toujours eu tendance à trouver étrange qu'on considère le corps comme un élément détaché de celui qui l'habite, et que la médecine s'intéresse globalement à lui comme à une machine, se déchargeant sur d'autres sciences, regardées d'ailleurs d'un air un peu suspicieux, quand il s'agit de comprendre les difficultés et les troubles de l'esprit, ou l'impact de l'environnement dans lequel grandit, vit, évolue l'individu.

« Le concept de somatisation est un outil simpliste et pratique, mais il n'éclaire que grossièrement les mécanismes que je pressens et qui me paraissent beaucoup plus complexes. Mais si j'exprime différemment ce qui m'occupe, je dirais que je cherche à réfléchir sur la part que la mort occupe dans notre vie, comment nous l'intégrons à nos jours, à nos activités de vivants, à nos amours, à notre travail, et comme nous œuvrons avec ou contre elle.

« Je me demande à ce propos si la maladie quand elle nous frappe peut être considérée comme une porte que nous lui ouvrons, intentionnellement ou non. En d'autres termes, est-il envisageable que nous tombions malades lorsque nous acceptons de laisser prendre une place de plus en plus grande à la mort, que nous l'invitions en quelque sorte à nous envahir, à s'installer en nous, alors qu'auparavant, nous avions tout fait pour la circonscrire au-delà d'un périmètre qui nous paraissait être le seul champ possible de notre existence ?

« Évidemment, je ne suis pas un scientifique, comme vous l'êtes. Je réfléchis en cinéaste. Je n'attends aucune vérité. Ce qui m'intéresse au final, c'est de pouvoir un jour ou l'autre transposer mes interrogations, et peut-être quelques éléments de réponse, dans des images. »

La jeune femme laissa passer un instant. Elle me regardait, jouant toujours avec son crayon. J'aimais beaucoup ce parfum d'orange qui s'échappait de ses lèvres, à chacune de ses expirations. Je l'associais à un certain bonheur. Une arrière-saison. Cette arrière-saison amalfitaine durant laquelle rien d'extraordinaire ne m'était arrivé, mais où tout me paraissait avoir atteint un équilibre dans ma vie. Un moment dont la durée fut réduite à quelques semaines et dont je me demandais parfois s'il n'était pas, s'il n'avait pas été, le point culminant – quant à l'équilibre dont je parle, celui des émotions, des désirs, des contrariétés, des renoncements, des rêves, de leur réalisation – de mon existence.

« Vous êtes-vous déjà demandé *qui* était pour vous votre corps ? »

Je venais juste de remarquer qu'elle parlait avec un très léger accent, adoucissant les *r*, atténuant un peu les *e*, qui pouvait la rattacher à un pays moyen-oriental tout aussi bien qu'à une contrée d'Europe centrale.

« Si vous aviez à parler de votre corps comme d'une personne, que diriez-vous ? Comment le présenteriez-vous à autrui ? Je ne vous demande pas de répondre maintenant à cette question, mais de la considérer. Je ne sais pas à quel stade vous en êtes de votre relation avec votre corps, mais le fait que vous parliez de la mort comme vous le faites me donne à penser que vous commencez sans doute à vous défier de lui. Vous entrez dans la phase que je nomme le *corps inamical*.

« Pendant des années, vous avez vécu avec lui, en lui, en parfaite osmose, dans un équilibre qui vous satisfaisait : vous l'entreteniez du mieux que vous pouviez, et il vous procurait en échange ce que vous attendiez de lui, au moment où vous l'attendiez, performances physiques, amoureuses, plaisirs alimentaires, sensations. Les maladies bénignes qui de temps à autre l'affectaient ne remettaient pas en cause la confiance que vous placiez en lui. Elles agissaient au contraire comme des marqueurs inversés, qui vous faisaient plus encore apprécier les moments majoritaires où il était votre allié. Puis le temps a lentement érodé votre partenaire. Vous avez senti peu à peu sa présence, je veux dire sa marque, son usure, son défaut à vous suivre. Est apparu alors un sentiment amer de dissociation, comme dans le cadre d'une relation amoureuse qui, après avoir été idyllique, se dégrade. On finit par oublier les qualités de l'autre pour ne voir que ce qui nous agace. Cela peut d'ailleurs mener à une certaine forme de cruauté. Le partenaire mécontent s'en prend à son conjoint, le harcèle, le fait souffrir, va jusqu'à le maltraiter. Combien cette attitude est-elle commune aussi chez ceux qui ont le sentiment d'être trahis par leur corps, et lui font alors subir ce qui accentuera encore la mauvaise image et l'usage pathogène qu'ils ont de lui ? »

J'écoutais la jeune femme. Ses paroles rencontraient en moi un écho profond. Il me semblait qu'elle exprimait de façon très claire des faits essentiels et évidents, que je n'avais jamais lus ni entendus auparavant. Je restai près de deux heures dans le minuscule bureau aux senteurs de livres et d'orange, à l'écouter m'expliquer ses recherches qui la plaçaient dans une position suspecte aux yeux de l'orthodoxie universitaire puisque, après avoir fait sa médecine et son internat en psychiatrie, elle avait orienté son parcours vers l'anthropologie comportementale ainsi que la psychopathologie. Son travail naissait à la confluence de ces différents savoirs.

« Nos premières années se passent dans la découverte d'un partenaire imposé que nous apprenons à maîtriser et dont le développement tour à tour nous fascine et nous effraie. L'enfant commence à se dresser sur ses jambes, à saisir des objets, à guider ses gestes de plus en plus finement. Le corps est en quelque sorte un outil brut, qui se métamorphose de mois en mois, et dont l'enfant explore les possibilités. Très vite il devient un *corps compagnon* qui prend ses pleines mesure et justification dans le cadre d'activités la plupart du temps ludiques. Je ne parle pas de l'apparence du corps, de son aspect esthétique, qui peut se révéler selon les individus, mais un peu plus tard, au moment de l'adolescence, comme un frein ou bien au contraire un moteur, dans la relation que le sujet pensant noue avec son enveloppe. Quoi qu'il en soit, sitôt achevées les phases de croissance, le corps se fait oublier : il est là, en parfait état de fonctionnement, obéissant à celui qui l'occupe et ne s'opposant jamais à lui. Je laisse de côté les atteintes sévères qui peuvent l'affecter, ce n'est pas l'objet de mes recherches. Il est certain que ce que je décris ne peut convenir au corps incarné de façon évidente comme obstacle. L'obésité, l'anorexie, le handicap, des cancers précoces le désignent d'emblée comme hostile, anticipant de plusieurs décennies la relation que chaque individu, un jour ou l'autre, entretiendra avec lui. Heureusement, dans la population, ces cas sont minoritaires, et je m'intéresse à la norme. Disons qu'à partir du moment où le sujet atteint l'âge adulte et pendant une vingtaine d'années, il vit avec et dans un *corps amical*. Je vous ai décrit cette relation il y a quelques instants. L'homme oublie son corps car celui-ci jamais ne le gêne. Au contraire, il lui offre l'étendue de ses possibilités, et leur parfaite maîtrise que l'expérience et la connaissance de soi permettent d'acquérir. C'est un allié indéfectible, et l'équilibre de cette relation donne l'illusion qu'elle pourrait durer toujours.

66

« Or le temps est là, tapi en maints endroits, aussi bien dans la fleur du pêcher qui se fane que dans la peau qui se fripe, dans l'articulation qui se grippe, le cheveu qui blanchit. Mais la métamorphose qui atteint la fleur de pêcher, la conduisant à devenir un fruit au terme de quelques mois, ne touche pas notre corps et ne délivre donc aucune promesse. Chaque modification qui l'affecte, passé un certain âge, conduit à une perte de performance et à une dégradation que rien ne peut inverser. C'est pourquoi les premiers signes qui indiquent soudain que notre corps s'inscrit dans ce processus sont perçus par bien des sujets comme les marques d'une trahison. On a beau l'avoir soigné, lui avoir offert les meilleures conditions d'existence grâce à une alimentation choisie, au sport, à une bonne hygiène de vie, il témoigne d'une reconnaissance limitée puisque, quoi qu'on ait fait, il agit désormais *contre* le sujet, ne tenant aucun compte de sa volonté ni de ses aspirations. Son ingratitude nous affecte.

« *Corps hostile*, puis *inamical*, *souffrant*, *ennemi*, et enfin *perdu* : les étapes s'enchaînent, inexorablement, jusqu'à la mort. Elles attestent toutes de la suprématie que le corps, le corps chutant, prend sur l'esprit. On peut toujours se rassurer comme bien des civilisations l'ont fait en proclamant le vieillard comme étant l'individu le plus sage de la société, cela n'empêche que sa supposée sagesse se heurte aux limites d'un corps dysfonctionnel, lui offrant plus de peine que de joie, plus d'amertume que de jouissance. L'homme n'est homme apaisé que pendant une vingtaine, disons maintenant une trentaine d'années. Avant, et surtout après, il lutte.

« Aujourd'hui, nous avons mis en place des protocoles de tricherie qui tentent d'abuser autrui et nous-mêmes. La chirurgie et la cosmétique travaillent sur la restauration d'une relation heureuse entre le corps et le sujet, quand bien même le premier a déjà atteint les phases d'hostilité, voire d'inimitié et de souffrance que j'ai évoquées. Il s'agit de fonder une illusion pour l'esprit par le biais de leurres extérieurs. Mais leur action est forcément limitée car elle n'agit pas sur la perception intérieure du corps qui, elle, suit le temps cruel des horloges biologiques. Disons que de nos jours on cherche à tout prix à mourir beaux. Cela ne nous empêche pas de mourir souffrants et amers. Est-ce que cela fait de nous des êtres moins malheureux ? Je n'en suis pas certaine. C'est sans doute même le contraire qui se produit. En contrariant les phases de la relation naturelle que nous devrions avoir avec notre corps, nous augmentons notre ressentiment vis-à-vis de lui ainsi que notre propre souffrance. »

Elle cessa de jouer avec son crayon de papier, le glissa entre ses lèvres et prit dans ses mains ses longs cheveux qu'elle regroupa en les roulant pour les assembler en une sorte de colimaçon qu'elle déposa sur le dessus de sa tête, et dans lequel elle ficha le crayon, ce qui lui donna soudain l'allure d'une déesse barbare. Le geste qu'elle venait de faire m'ouvrit définitivement les yeux. Ma voisine du 6ᵉ étage, dès qu'elle s'allongeait sur son lit, modifiait ainsi sa coiffure, de cette façon aussi libre et rapide dans laquelle, sous les manières de l'adulte, on reconnaît encore l'enfant, son innocence, son indifférence à ce que les autres pourraient penser de lui.

VIII

« Et tu ne lui as rien dit ? »

Florence s'était rapprochée de moi et avait posé sa tête sur mon épaule. Je fumais une des cigarettes d'Eugène. Il faisait bon. Le soleil par la fenêtre venait sur nos ventres. Nous étions nus. Les draps chiffonnés pendaient au pied du lit, pareils aux eaux figées d'une cascade. Nous avions fait l'amour, comme le vieux couple que nous n'étions plus tout à fait, et cela avait été agréable, bien entendu.

Je n'ai pas répondu immédiatement à Florence. Je venais de lui raconter mon entrevue avec le médecin qui s'appelait Elena, ce qu'elle m'avait dit de ses recherches, et soudain la révélation que j'avais eue quand elle s'était recoiffée, de découvrir ma voisine sous les traits de la jeune chercheuse.

« Je crois que ce qui m'a le plus troublé, c'est la notion de distance. J'ai eu le sentiment d'une épreuve. Pendant des mois, quelqu'un, disons *le maître du jeu*, place sous mes yeux un corps à distance, qui est un simple corps, dénué de toute personnalité réelle, que je ne connais que par les mouvements qu'il effectue, le dessin de sa silhouette, la mesure que je peux en prendre, toute relative. On m'interdit de l'approcher tout en exhibant sous mes yeux sa nudité. On me permet simplement de le regarder, mais tout en laissant entre lui et moi un vide, que je pourrais qualifier de *sanitaire* comme on le dit en construction quand il s'agit d'isoler d'un sol humide un bâtiment qu'on veut préserver.

« Et puis soudain, par un brusque caprice de celui qui tient les ficelles, les règles du jeu sont modifiées et on m'enferme dans un lieu ridiculement petit où je me retrouve pressé contre ce même corps, mais que je ne peux reconnaître tant il est proche. Trop proche. Je perçois des éléments d'une extrême intimité, le parfum d'orange de son haleine, l'odeur de lessive de sa blouse, celle d'un déodorant peut-être, et aussi d'une légère et agréable sueur. Mais la mise au point est impossible. Je manque une fois encore de distance. Je suis cette fois beaucoup trop près. Ce n'est jamais la bonne distance. Ces événements sont une parabole sur la distance idéale qui nous permet de connaître les êtres et de vivre en leur compagnie : ni trop près ni trop loin. Reste à trouver cette distance.

— Avec elle ?

— Avec elle. Avec tous. Avec nous-mêmes aussi. Je crois que c'est cela qui m'occupe. J'ai toujours eu tendance à un peu trop m'écouter. Il faudrait peut-être que je prenne mes distances vis-à-vis de moi-même. »

Florence et moi avons divorcé comme nous nous sommes mariés. En douceur. Sans cris. Sans extrêmes. D'un commun constat et d'un commun accord. Le juge s'est même étonné de nous voir aussi complices, aussi proches, durant la procédure. Les avocats semblaient déçus de ne pas être parvenus à nous faire nous entre-déchirer. Pas une goutte de sang. Pas un mot fielleux. Pas une lettre calomnieuse.

C'est aussi une affaire de distance qui a eu raison de nous. J'étais un perpétuel absent. Ma présence était temporaire, intermittente, imprévisible. Florence aurait voulu un mari. Elle avait eu un courant d'air. Agréable, disait-elle. Rafraîchissant parfois. Insuffisant toujours. Les moments d'écriture durant lesquels j'avais besoin d'être seul, les préparations où j'étais avec une assistante, les repérages avec une partie de mon équipe, les tournages, le montage, la postproduction. Une vie de cinéaste. Une vie loin d'elle.

« Au fond, c'est avec Eugène que tu es marié, pas avec moi. »

Florence n'avait pas tort. Je passais plus de temps avec Eugène qu'avec elle. Le vrai couple, c'était nous. À la vie, à la mort.

Et puis, il y avait eu l'enfant.

« Agathe aurait eu vingt-deux ans hier. Tu y as pensé ? »

Le soleil avait quitté nos ventres. Il paressait sur l'avant-bras droit de Florence. L'été vibrait au-dehors. On sentait la ville et ses rumeurs engourdies.

« Tu as entendu ce que je viens de te dire ? »

Bien sûr que j'avais entendu.

Florence et moi avions presque été parents. Nous avions presque eu un enfant. Nous avions eu un enfant mort. Un enfant mort-né. *Mort-né*, c'est une des formules les plus abruptes de la langue. Définitive. Là encore une affaire de distance. Une distance infiniment petite, dont la petitesse signe l'absence puisque les deux extrêmes, naissance, mort, se confondent. Naître mort. Le plus effroyable des oxymores. Et nous avions donné un prénom à l'enfant, parce que la loi ne permet pas d'enterrer un être innommé. Agathe. Prénom doux. En apparence. Prénom d'un autre temps. Siècle perdu. Enfant non apparu. Un prénom qui jamais ne fut dit à un enfant vivant mais fut déposé sur le petit corps, infime, ridé, pâle, un nom comme un linceul.

Lorsqu'on me demande si j'ai des enfants, je réponds que non, et je dis la vérité. Et si on me demandait si j'ai eu des enfants, je dirais encore une fois que non, et là aussi je dirais la vérité. Mais si on pose la question à Florence, elle répondra que oui, elle a eu une fille, Agathe, mais qu'elle est morte.

Qu'elle aurait vingt-deux ans désormais. Qu'elle serait une jeune femme. Et Florence dira aussi la vérité, car, contrairement à moi, Florence a fait grandir Agathe en elle.

Comme l'arbre du pays Toraja, elle a continué au fil des années à faire croître son enfant au profond d'elle. Son corps de femme s'est empli de la présence du petit corps mort qu'elle n'a jamais vraiment enterré mais qu'elle a accueilli à demeure, dans sa maison intérieure et dans sa vie, le modelant selon les âges, l'épanouissant en une fillette rieuse puis une jeune fille éternelle et idéale, qui a pris tant de place que jamais Florence, ni avec moi ni avec Luc, son nouveau mari, n'a par la suite tenté d'avoir un autre enfant. Moins de peur, j'en suis persuadé, de voir une fois encore extrait de son ventre un être mort, que de faire disparaître définitivement celui que la vie n'a pas daigné animer, mais qu'elle s'est chargée de faire exister.

J'ai embrassé Florence et suis allé prendre une douche. Nous nous retrouvons toujours dans le même hôtel, situé dans une rue calme près de la Sorbonne. Le personnel nous connaît. Nous sommes le couple de la 107. J'ai failli faire un film avec ce titre. *Le Couple de la 107*. J'avais même demandé à Eugène de le déposer. Il l'a fait. Eugène faisait tout ce que je lui demandais. Il n'était jamais contrariant. C'est la première des qualités pour un producteur : s'accommoder du fou avec lequel il a décidé de travailler. J'ai contacté deux ou trois actrices. J'ai eu un long entretien avec Isabelle Adjani, dans un salon de thé discret du boulevard Raspail, durant lequel elle n'a dit qu'une seule phrase, « comme c'est étrange… », mais en la répétant durant toute notre rencontre « comme c'est étrange… ». J'ai pris quelques bières avec Alain Bashung à qui je voulais confier le rôle masculin. Nous avons tous deux évoqué le beau film de Mankiewicz, *L'Aventure de Mme Muir*. Nous en avons parlé durant des heures. Les serveurs du bar ont fini par nous pousser vers la sortie. Bashung est mort quelque temps après. J'ai écrit un synopsis, fait des croquis. Et puis j'ai renoncé. Au fond ce n'était qu'un titre. *Le Couple de la 107* n'était pas un couple. Ce n'était pas un film. Ce n'était pas une histoire destinée à vivre et à durer. La fiction parfois est plus exigeante que la vie.

Je savais que j'aurais beau me savonner le visage, je garderais jusqu'au soir l'odeur du sexe de Florence sur ma peau et mes lèvres. J'aimais cela. De toutes les odeurs du corps, celle du sexe féminin est une des plus prégnantes. Elle dépose sur celui qui l'a longuement embrassé une marque durable, comme un sceau d'appropriation. Nous avons cru le posséder mais c'est bien lui qui nous possède et qui nous hante. Fantôme de parfum, fantôme de corps, fantôme de voix. Autour de nos vies flotte un bouquet d'absences et de présences mêlées.

Je suis passé prendre Eugène ce soir-là. J'ai fait patienter le taxi devant l'hôpital. Depuis un mois le cancer d'Eugène était revenu de vacances. Il avait posé ses valises quelque part dans les cervicales de mon ami. Le poumon ne semblait plus l'intéresser. Il s'attaquait aux os désormais. Je me le figurais sous l'aspect d'un de ces insectes xylophages, persévérants et butés, qui rongent les poutres des maisons, espérant ainsi les faire s'écrouler.

Eugène m'avait appris la nouvelle comme s'il m'avait annoncé qu'il allait faire repeindre sa chambre. Je n'avais pas eu le temps de réfléchir au visage que j'aurais dû composer.

« Ne fais pas cette tête ! Tu n'es pas près d'être débarrassé de moi. Tout cela est très normal. On m'avait prévenu. »

Je n'ai pas osé lui demander de quoi encore *on* l'avait prévenu et dont il ne m'entretenait pas. Quelle serait la prochaine étape du périple touristique de son cancer ? Le foie, les reins, les métatarses, les intestins, le cervelet ? Ce goût pour la villégiature et le nomadisme distinguait cette maladie d'une quantité d'autres, moins volages mais tout aussi dangereuses, qui préféraient se sédentariser sur un organe et le détruire avec méthode et jusqu'au bout.

Eugène m'attendait en plaisantant avec une infirmière, dans une salle attenante au service où étaient administrées les chimiothérapies. Il portait beau encore. Une légère fatigue peut-être, qui voilait ses traits, les tirait un peu. À peine. Il sourit en m'apercevant.

« Voilà mon artiste ! »

L'infirmière me regarda. Ainsi c'est cela un artiste, dut-elle penser, un type d'une cinquantaine d'années, un peu grand, un peu voûté, avec plus trop de cheveux sur le crâne, un air à la fois perdu et juvénile, qui paraît malade mais ne l'est pas, fringué à l'as de pique, mal rasé, irritable. On me dit souvent que je ressemble à Jean-Pierre Bacri, ce qui ne me déplaît pas car j'aime beaucoup ce comédien même si je n'ai jamais songé à faire appel à lui pour un de mes films. Par peur sans doute. Par peur d'être trop près de moi.

Eugène a tenu à faire durer les présentations. Il fallait absolument que je connaisse l'infirmière. Elle s'appelait Anne-Marie. Elle avait trente-huit ans. Elle venait du Limousin. Elle était mariée à Simon, qui lui aussi venait du Limousin. Simon était chargé de la maintenance informatique d'une succursale du Crédit Agricole. Ils avaient deux enfants de huit et cinq ans, Jules et Sarah. Ils habitaient un pavillon à Gretz-Tournan, acheté à crédit sur vingt-cinq ans. Anne-Marie aimait le jardinage et la cuisine. Sa spécialité était le tajine d'agneau. Simon jouait au tennis. Il était classé. Ils partaient chaque année en vacances à l'île d'Oléron, et une semaine en hiver à Samoëns en Haute-Savoie. Simon et les enfants raffolaient du ski, mais pas Anne-Marie, qui avait peur de tomber. Elle lisait des romans et des revues en haut des pistes.

J'entendais Eugène me délivrer toutes ces informations sur l'infirmière sans comprendre dans quel but il le faisait. Quant à l'infirmière, elle le laissait parler, gardant son sourire, se laissant présenter comme si elle allait être soumise à l'appréciation d'un jury de comice agricole. Elle était un peu forte, blonde et rose. Elle semblait scandaleusement en bonne santé et au moment même où je me faisais cette réflexion je mesurai ma bêtise. À quoi ressembleraient les hôpitaux si le personnel soignant, pour ne pas déplaire aux patients ni à leurs visiteurs, paraissait encore plus malade qu'eux ?

« Qu'est-ce qui t'a pris avec l'infirmière ? »

Le taxi roulait sur les quais. La Seine se teintait avec le soir des couleurs de roses anciennes. Quantité de jeunes gens marchaient torse nu le long du fleuve. Quelques jeunes femmes étaient en soutien-gorge. L'été s'enroulait à Paris comme une écharpe de lin autour d'une gorge. Eugène frissonnait malgré son veston et un pardessus de demi-saison.

« Je m'intéresse aux autres. »

Eugène avait dit cela sur un ton mélancolique que je ne lui connaissais pas, comme si la phrase contenait un regret, le regret de ne pas avoir mis en pratique plus tôt ce soudain intérêt pour ses congénères. Mon ami n'était aucunement un égoïste. C'était un homme de son siècle, ni plus ni moins. Nous avons cessé depuis des lustres de croire en l'hypothèse du bonheur collectif. Notre trajet personnel est déjà assez rude. Nous passons nos vies à nous préoccuper de nous-mêmes. Vaste projet.

J'ai ouvert grand les fenêtres de mon appartement. Il était dix-neuf heures trente. Elena – désormais elle avait un prénom – n'était pas encore rentrée. Sa chambre vide faisait songer à la scène d'un théâtre aux heures du jour. Je me suis versé un verre de Sancerre et j'ai repensé à Anne-Marie, l'infirmière. Quel était au juste son métier véritable ? Certes accueillir, soigner, mettre en place le protocole de la chimiothérapie, vérifier le bon déroulement de la séance, les réactions du malade, le rassurer, le réconforter. Mais tout cela, c'était la façade. En vérité elle était une gardienne. Elle se tenait à la porte, sur le seuil du domaine des morts, et observait celles et ceux qui bientôt allaient le rejoindre. Elle savait. Elle savait les reconnaître. Je suis certain qu'elle pouvait distinguer celui qui s'approchait de plus en plus de la porte, et l'autre qui, au contraire, de séance en séance, s'en éloignait. Ses yeux souriants contenaient les visages de ceux qu'elle avait vu peu à peu s'effacer. Son corps gardait la mémoire des corps souffrants, qu'elle avait touchés, soulevés, perfusés, massés, étreints, lavés, pansés.

Le Sauvignon me faisait penser à des prairies en fleurs, renoncules, crocus, asphodèles, à des printemps perpétuels. Je buvais les yeux clos une saison de fraîcheur et de sève montante. Je me dis que le monde est un bien bel indifférent, qui nous laisse aller sans nous retenir. Dans le deuxième verre est revenu le corps de Florence ainsi que son sourire lent, après la jouissance, toujours le même, celui d'un chat qui s'étire. Dans le troisième se sont perdus mes regrets. Dans le quatrième verre j'ai trouvé matière à nourrir ma tristesse.

À vingt heures, Elena a ouvert la porte de son appartement. La représentation pouvait commencer.

IX

Je dois à Sergio Leone d'avoir voulu faire du cinéma. J'avais dix ans. Chaque dimanche j'allais voir un film au cinéma Georges, une des deux salles de ma petite ville d'enfance. Le plus souvent, il s'agissait de comédies françaises, grossières et admirables, au scénario simple comme un buvard, aussi perméable que lui et qui me ravissait. Gendarmes, voleurs, brigands sympathiques, crapules mineures. La programmation épousait les immenses succès de l'époque. De Funès. Bourvil. Les Charlots. Je savourais d'incroyables navets destinés aux appelés du contingent et dans lesquels on retrouvait souvent des acteurs comme Pierre Tornade, Jacques François, Grosso et Modo, Michel Galabru sous des habits militaires et dans des situations ridicules.

Nous allions au cinéma comme on peut aller en promenade, sans trop nous soucier du paysage que nous traversions, simplement pour le plaisir de nous dégourdir les jambes. Être dans la salle, dans le noir, sentir autour de soi la présence d'autres corps et voir soudain sur le grand écran apparaître des fragments de vie, les combiner entre eux, éprouver au même moment ce qu'éprouvent les autres, puis quitter la nuit artificielle après que le mot *fin* est apparu, revenir dans le jour qui rend à chacune et à chacun sa place, sa dimension réduite, disperse ceux qui quelques instants plus tôt riaient, souffraient, tremblaient à l'unisson : le cinéma est une expérience des ténèbres heureuses. Heureuses car de celles-là on revient.

Il me semble que pendant longtemps je voyais les films comme des sortes de livres d'images animées. Leur auteur en était anonyme. Je crois même que je ne pensais pas qu'il y avait un homme derrière tout cela. Les films ne témoignaient d'aucun regard personnel sur ce qu'ils me montraient. Je ne me posais aucune question quant à leur fabrication. Ils ne me paraissaient pas être le résultat d'un travail. Et puis soudain il y eut Leone. Le premier homme de cinéma dont j'appris le nom, dont je retins le nom. Leone. Sergio Leone.

Je me souviens des yeux du héros, immenses sur l'écran du cinéma Georges. Deux yeux démesurés qui occupaient la toile en son entier. Et ces yeux nous regardaient avec insistance. Le plan durait. Ce sont ces yeux qui ont décidé de tout. Pour la première fois je comprenais que quelqu'un avait choisi de prélever sur le corps entier de l'acteur ce périmètre du regard, et de confronter le spectateur avec ses yeux gigantesques. De la même façon que plus tard, dans le même film, il choisit au contraire de rapetisser le corps du héros, de l'amener aux proportions d'une fourmi, lui et son cheval, et de les perdre dans l'espace du paysage, petite parcelle mouvante de vivant dans le désert de pierres rousses.

À dater de ce jour, j'ai regardé différemment le cinéma, et, par ricochet, le monde. Du long métrage qu'on me proposait, je voulais deviner la fabrication. En d'autres termes, j'essayais de pénétrer dans les cuisines pour comprendre comment le cuisinier avait décidé des ingrédients, comment il les avait préparés, comment il avait lié les sauces. Et pour ce qui concerne le monde, je ne me laissais plus absorber ni ballotter par lui, mais je cherchais à en prélever des détails, à cerner des éléments distinctifs, à découper autour d'eux un cadre comme si mon œil désormais était devenu une caméra. Il me semblait qu'ainsi, par des techniques de cadrage, des choix d'objectifs de courte, moyenne ou longue focale, des procédés de montage, je parvenais à mieux maîtriser ce dans quoi on m'avait précipité. Au final, j'avais l'illusion qu'un sens naissait de tout cela, que ma vie allait devenir le film que je déciderais d'en faire.

J'ai attendu des années avant de posséder une caméra – une super-8 Kodak que le père d'un de mes amis m'avait cédée pour presque rien –

mais j'ai pratiqué très tôt le cinéma. Au fond, j'en suis persuadé, le cinéma peut se passer de caméra, de film, de salle. Faire du cinéma, c'est décider de réorganiser les éléments qui nous entourent. C'est choisir de raconter une histoire dans laquelle on prend place. C'est reprendre un peu et pour un temps les commandes.

Je ne sais pas pourquoi je repense à tout cela, assis sur la tombe d'Eugène. Il fait aujourd'hui un temps à se poser peut-être des questions sérieuses. Je viens souvent dans ce cimetière. Déjà parce qu'il est doux, avec de belles tombes et de grands arbres qui les ombragent, des chats sans maître qui promènent leur silhouette hautaine sur les graviers, et très peu de visiteurs. Et puis, bien sûr, je viens pour Eugène. Voilà près de deux ans qu'il est allongé sous la dalle de ciment qui n'a toujours pas été recouverte d'un monument. Au bout de quelques mois, cela m'avait inquiété. Maintenant je m'y suis fait. C'est un peu comme si sa sépulture était provisoire. Comme si on lui avait donné l'opportunité de l'essayer pendant un temps donné et de la rendre si elle ne lui convenait pas. Satisfait ou remboursé. Eugène semble se contenter de cette plaque de béton qui s'est fendillée en son milieu et s'effrite à l'angle supérieur droit. En tout cas, pour le moment, il ne s'est plaint de rien.

Je m'assieds sur la tombe de son voisin, Georges Loerty (1876-1928). Sous les dates de naissance et de mort, il est dit qu'il était poète. J'ai essayé de trouver un de ses recueils, de façon à lire quelques textes à Eugène afin qu'il fasse sa connaissance, mais je ne suis parvenu à en dénicher aucun, ni chez les bouquinistes ni sur internet. Pas plus que d'informations sur Georges Loerty. C'est comme s'il n'avait jamais existé. On cesse de vivre, mais on cesse aussi de mourir, en somme, de multiples fois.

Jamais je n'apporte de fleurs sur la tombe d'Eugène. Mon ami n'aimait guère cela. Le cadeau le plus approprié et qui lui ressemblerait le plus serait une bouteille de Bordeaux, mais je serais seul à la boire et, à cet endroit, cela ne fait pas très sérieux. De plus, un écriteau à l'entrée du cimetière précise qu'il est interdit de boire et de manger. *Par respect*. Je ne vois pas ce que le respect vient faire dans tout cela. Du respect pour qui ? Pour les morts ? Les vivants ? La nourriture ? La boisson ?

Je parle souvent à Eugène, à haute voix ou en silence. Je lui raconte où j'en suis, ce qui me permet de tenter de le savoir. Je lui dis ce qu'il a raté d'événements majeurs dans le monde. Des films qu'il aurait aimés – par exemple je lui en veux beaucoup d'être mort avant de voir *La Grande Bellezza* de Paolo Sorrentino –, des livres qu'il m'aurait sans doute offerts – « Cela devrait te plaire ». Je parle de la bêtise et de sa progression, de Florence, d'Elena chez qui je passe désormais la nuit de temps à autre, tout en me cachant au matin, honteux que je suis d'avoir vingt-trois ans de plus qu'elle et un corps qui s'enraye, de mon projet de film *La Fabrique intérieure*, dont je lui avais dressé les grandes lignes quelques mois avant sa mort.

Dans le fond, ces conversations à sens unique ne sont pas très différentes de celles que nous avions quand il était vivant. Je l'ai déjà dit, l'un parlait, l'autre écoutait. La fois suivante c'était l'inverse. Désormais il n'y a pas de fois suivante, c'est tout.

J'évoque souvent le corps d'Elena. J'ai fini par franchir le vide de la cour. C'est elle qui m'a embrassé en premier. Deux semaines après l'enterrement d'Eugène. « Vous avez l'air malheureux. » Je l'étais. C'était un drôle de baiser, sur les lèvres et avec la langue, mais qui possédait un côté infantile ou maternel, consolateur, maladroit. J'avais songé moi-même à l'embrasser mais je n'aurais jamais osé le faire. Elle a bel et bien un goût d'orange et son léger accent vient de son enfance en Croatie. J'ai remarqué qu'il se renforce quand elle est un peu triste, ou alors très joyeuse.

Je ne sais pas ce qu'elle me trouve. Quand nous sommes côte à côte, nus ou presque, ou lorsque je me réveille et que je la regarde, je vois nos deux corps comme les deux versants du monde. Il y a dans leur proximité quelque chose de contre-indiqué. Je me suis rendu compte également que, quand nous faisons l'amour, je ressens davantage de peine que de plaisir, même si le plaisir existe, mais la peine est là, qui est au plus profond du plaisir, comme l'ombre même se cache dans le rayon de soleil. Une peine venant d'un décalage qui n'est pas seulement horaire. Je sais que je ne la mérite pas, et qu'elle ne me mérite pas. Florence disait que je n'étais pas un cadeau. Elle avait raison. Je le suis d'ailleurs de moins en moins.

Elena dit que je suis ridicule quand je lui demande ce qu'elle peut trouver à un vieux comme moi. Elle me dit d'arrêter de me poser des questions et de vivre au jour le jour. C'est une expression de jeune femme qui vient d'avoir trente ans. Qui dépense le temps en le jetant par la fenêtre. Perdre son temps. Le dilapider. Le gaspiller. Le gâcher. Toutes formules généreuses pour qui possède l'immense fortune d'avoir encore toute la vie devant soi.

Mais, à mon âge, on ne vit plus au jour le jour. On devient un comptable avaricieux. On tient le relevé de chaque minute, de chaque heure, de chaque jour, de chaque mois. On compte ses pièces. On ne veut en rien être grugé par un fournisseur malhonnête. Je me souviens que mon père me disait qu'après quatre-vingts ans on commence enfin à connaître la valeur des secondes, et que cela procure une volupté nouvelle.

Je n'ai pas caché à Florence ma relation avec Elena. Nous continuons à prendre un verre de temps à autre, à dîner ensemble une fois par mois, mais nous n'allons plus à l'hôtel avant. *Le Couple de la 107* n'existe plus. Je pense qu'elle en est peinée mais elle ne me dit rien. Elle ne juge pas ma relation avec la jeune femme. Elle ne s'en est pas étonnée quand je la lui ai annoncée.

« Tu as toujours été dramatiquement prévisible. »
J'ai toujours beaucoup aimé la façon dont Florence utilise les adverbes de manière.

X

Ninon, en revanche, a très mal réagi quand elle a appris que j'étais désormais l'*amant* d'Elena. En écrivant cette phrase je trouve l'expression inappropriée mais comment pourrais-je dire : je ne suis pas le *mari* d'Elena. *Fiancé* non plus. *Petit ami* ou *petit copain* seraient tous deux grotesques et inconvenants vu mon âge. *Compagnon* ne restitue pas la vérité de notre relation. *Ami* marque trop la profondeur d'une complicité qui n'en est pas encore là. Oui, *amant*, faute de mieux. *Mon chéri*, m'appelle Elena. Je trouve cela joli. *Mon chéri* :

« Comme un chocolat dégueulasse et bon marché fourré avec une cerise et plein de liqueur industrielle de merde ? m'a jeté Ninon à la figure. Tu es pathétique », a-t-elle continué.

Peut-être. J'ai tenu Ninon sur mes genoux, littéralement, quand elle était enfant. Ninon, le premier enfant d'Eugène. Fille d'Eugène donc, et de Ludivine – quel prénom ! On se croirait chez Rohmer –, une artiste née à Pittsburgh, d'origine française que Warhol avait intégrée à la Factory déclinante parce qu'elle était originaire de la même ville que lui, et qu'elle avait les mêmes cheveux que lui, vrais pour elle, faux pour lui, mais peu importe.

Le jeune Eugène avait produit un documentaire sur la scène new-yorkaise du début des années quatre-vingt. Il avait passé deux mois dans la ville, ébloui par la verticalité irradiante de Manhattan, ramassant comme des pièces d'or des miettes rassies d'un *Village* se singeant déjà lui-même.

Eugène était assez intelligent pour se rendre compte que ce que filmait son cadreur était une mise en scène de ce qui n'existait déjà plus, mais cette reconstitution qu'on leur vendait comme un hot-dog rance était tout de même dotée de frivolités suffisamment neuves pour que tout cela puisse s'intégrer dans le cadre d'un post-modernisme cherchant à imposer son existence.

Se croisaient dans le film de quarante-sept minutes Blondie, les Dolls alcoolisés et qui ressemblaient à des travelos de fête foraine, un Ramones, je ne sais plus lequel, peut-être Dee ou le grand maigre dont j'oublie toujours le prénom, surpris à se piquer dans les toilettes du CBGB, Patti Smith avec son visage de chef sioux, quantité de figures inconnues hurlantes ou apathiques, Lou Reed qui refusait de répondre à une question et balançait un direct du gauche à la caméra, Jagger toutes dents dehors, permanente et costume blanc en soie, quelques groupies aux allures de putes, ou des putes aux allures de groupies, et Warhol dans le backstage d'un night-club, costume trois pièces en velours bleu nuit, perruque blanche, lunettes noires, fume-cigarette, souriant, exténué, très enfantin, et à côté duquel Ludivine venait s'asseoir, dévoilant ses cuisses pâles qui fusaient d'une jupe en daim très courte et son grand sourire roux.

Le film s'appelait *No More Heroes*. Sa valeur humaine était nulle. Son coefficient artistique proche de zéro. Eugène n'est parvenu à le diffuser nulle part. Je ne crois même pas qu'un fervent pirate l'ait déposé depuis sur YouTube. Ce qui le rend d'ailleurs plus précieux.

En revanche, je suis certain que le revoir aujourd'hui me troublerait, comme s'il m'était donné d'approcher une seconde, une ou deux secondes, le visage d'un *temps mort* – au sens sportif du basket, quand on demande l'interruption de la partie et qu'on a le pouvoir de stopper le chronomètre, et au sens plein d'un temps que l'on retrouve étendu raide sur le bord d'une chaussée comme un raton laveur en Pennsylvanie, un temps tué par quelqu'un, ou suicidé, ou terrassé par une attaque, et qu'on peut alors, n'en croyant pas ses yeux ou plutôt les pulsations cadencées de son cœur, prendre entre ses doigts pour l'examiner à loisir sans qu'il s'écoule et nous échappe.

Ninon aurait-elle aimé que je sois son amant, son *mon chéri*, son vieux chocolat avec une cerise artificielle en forme de cœur à l'intérieur, moi qui ai l'âge de son père, moi qui fus son meilleur ami ?

J'ai reçu une gifle quand je lui ai posé la question.

« Je plaisantais.

— Tu es con.

— Tu es jalouse.

— Tu es très con.

— Tu es vulgaire.

— Je t'emmerde.

— C'est bien ce que je dis.

— Tu es complètement beurré.

— Parle pour toi.

— Donne-moi du feu. »

Nous sommes sortis fumer sur le trottoir. Seuls les trottoirs sont enfumés de nos jours. Le fumeur est devenu un être extérieur, une créature de plein air. Ninon me faisait la tête. Ça ne durerait pas. Je la connais par cœur. J'aime bien cette expression, *par cœur*. Connaître par cœur. Les récitations à l'école primaire. Les discours politiques. Les réactions des femmes. Nos mères. Nos épouses. Nos maîtresses. Leur corps. J'ai l'air de faire le malin, de tout savoir. Mais je ne connais rien. Je n'ai jamais eu de maîtresse. J'avais Florence. C'était ma femme. Je ne l'ai jamais trompée. Même avec une actrice. Surtout pas avec une actrice.

« Je ne te crois pas. Tu es vraiment ivre. »

Je m'en fiche que tu me croies ou pas, petite Ninon. C'est la vérité. Les actrices sont toutes folles et je n'ai jamais trompé Florence. Je ne suis l'homme que d'une seule femme à la fois. Pas comme Eugène, qui ne pouvait quitter l'une sans avoir déjà séduit la suivante. L'homme des transitions douces, ton père. Des collages propres. Il était doué en montage d'ailleurs. Il avait commencé comme monteur. Et puis qu'est-ce que cela peut te faire pour Elena, ce n'est pas ta fille, ce n'est pas toi. Nous sommes grands. Moi un peu plus qu'elle. Mais à l'échelle de l'âge de l'univers, nous sommes rigoureusement identiques. Fiche-nous la paix.

« Je rentre, j'ai froid.

— Moi aussi.

— On prend encore un café ?

— Je voulais te demander, la tombe d'Eugène. Pourquoi vous ne faites rien. Cette dalle, qui s'effrite, c'est moche, non ? C'est nu.

— Tu serais plus content avec une belle tombe ? Une belle mort, un beau mort, un beau monument ? Ça ferait moins nu ? Tu aurais moins froid, c'est ça ?

— Ninon…

— Quoi ?

— Rien.

— Laisse Papa là où il est, c'est-à-dire nulle part. Tu es vivant toi. Il te reste quoi, quelques années, avec ce que tu fumes, avec ce que tu bois ? Profites-en.

— Tu es méchante.

— Non, je suis médecin.

— Ce que je veux dire, c'est que…

— Ne dis rien. Ferme ta gueule. Reste avec les vivants. »

XI

Qu'est-ce que c'est les vivants ?

À première vue, tout n'est qu'évidence. Séparer le vivant du mort. Être avec les vivants. Être dans la vie. Mais qu'est-ce que cela signifie, profondément, être vivant, comme Ninon me l'enjoignait ? Quand je respire et marche, quand je mange, quand je rêve, quand j'urine, suis-je pleinement vivant ? Quand je sens la chaleur brûlante et douce du sexe d'Elena autour du mien et que je vois ses yeux qui partent dans l'envers de ses paupières comme si soudain un long vertige la ravissait au monde, suis-je davantage vivant ? Quel est le plus haut degré du vivant ? Y aurait-il différents états qui nous permettraient de distinguer si l'on est plus ou moins vivant ?

Et que nous enseigne notre corps à ce propos ? Ne pas se soucier de lui, ne pas le sentir, ne pas s'en préoccuper : est-ce cela être vivant ? Ou bien au contraire suis-je superlativement vivant lorsqu'il me fait souffrir, se rappelle violemment à moi, me maltraite, m'échappe, me tourmente, me fait comprendre que je lui suis assujetti, que ma superbe conscience lui est enchaînée, tributaire, que sans lui, elle meurt, qu'elle n'est, quoique prodigieusement complexe et perfectionnée, que l'esclave de ses mécanismes grossiers et de ses hoquets triviaux ?

La beauté d'Elena me troublait car elle n'était pas faite pour moi. J'étais un intrus dans son existence. Un goujat qui apporte les soucis et le poids de son âge, ses muscles relâchés et sa peau qui commence à se rider comme la surface d'un vieux lac glaciaire sous le vent, à s'étoiler de petites taches de rousseur, oui un intrus, qui s'invite en titubant au beau milieu d'une fête de la chair où tout n'est que fermeté, grain pur, derme soyeux. Une main avait tordu nos deux courbes du temps, essayant de les confondre, de les unir, mais elles restaient distinctes et étrangères bien que collées l'une à l'autre.

Quand, après l'amour, Elena venait poser son visage dans le creux de mon épaule et fermait les yeux, je ne pouvais m'empêcher de songer qu'elle s'endormait sur la mort, que j'étais un gisant mais qu'elle ne le savait pas encore, que nous vivions un conte noir où une jeune femme frappée par un sortilège s'éprend d'un squelette dont elle est la seule à ne pas percevoir l'apparence terrifiante.

Bien sûr, je ne lui disais rien de cela. Je ne lui disais pas non plus que lorsque je la caressais je pensais à Florence, à toutes les caresses que j'avais déposées sur son corps à elle, que le temps avait rendu plus onctueux, qu'il avait fatigué mais d'une fatigue souriante qui me le faisait aimer davantage à mesure que les années passaient. Le corps des jeunes femmes fait songer à des pierres parfaites, polies, sans défauts, scandaleusement intactes. Celui des femmes possède le parfum patiné des jours innombrables où s'amalgament, sensuels, les moments de plaisir et ceux de l'attente. Il devient le velours assoupli des années.

Laquelle des deux, d'Elena ou de Florence, me faisait être le plus vivant ? Faire l'amour avec Florence me rendait à moi-même. Faire l'amour avec Elena me forçait à devenir un autre. Il ne s'agissait pas de prendre un nouveau départ, un nouvel élan, ce qui aurait pu se révéler heureux, mais de s'observer à distance, dans un dédoublement aux conséquences calamiteuses. Je savais que notre relation ne pouvait que conduire à faire grandir en moi une amertume qui s'était installée après la mort d'Eugène, comme une lointaine cousine de province, revêche et grise, débarquée sans crier gare et qui s'installe chez nous, à demeure, sans que nous ayons notre mot à dire. On ne sait trop d'ailleurs le but qu'elle poursuit : nous surveiller ? Nous narguer ? Nous faire comprendre quelque chose ? Nous avertir ? Nous juger ? J'ai lu quelque part que la cinquantaine est la vieillesse de la jeunesse, et que la soixantaine est la jeunesse de la vieillesse. On s'arrange comme on peut avec les mots. Ce n'est pas cela qui fait partir la cousine.

Pour autant, je ne faisais rien pour chasser Elena de ma vie, ni pour quitter la sienne. Lâchement, je comptais sur un voyage pour fissurer notre relation, car on sait bien que les voyages à deux révèlent sur l'autre des manies et des comportements que le quotidien dissimule et qui soudain, dans un ailleurs sans amarres, éclatent au jour dans leur insupportable dimension mesquine. Venise m'avait paru la destination parfaite où enterrer notre couple naissant. Elena n'y était jamais allée. Quant à moi, j'y avais mis deux fois les pieds : la première avec Eugène, lors d'une Mostra où notre troisième film en commun, *Perpendiculaire*, avait été sélectionné non pas pour la compétition officielle, mais dans une section parallèle. La seconde en compagnie de Florence.

Avec Eugène, je n'avais pas vu grand-chose de la ville. Nous avions pris le festival de haut, nous moquant de cette grande foire en buvant beaucoup. Je répondais aux interviews au bord du Grand Canal, sur une terrasse en plein soleil, et j'avais constamment la tête qui tournait, en raison du mouvement des gondoles qui passaient et repassaient devant mes yeux et des nombreux verres de Spritz que je buvais comme de la limonade. J'avais même essayé de mettre mon poing sur la gueule à un critique italien qui me comparait à François

Truffaut, ce qui m'avait profondément vexé. Nous étions jeunes, Eugène et moi, présomptueux, idiots, heureux, légers. La vie ne nous avait pas encore fessés. Je n'avais au final rien vu de la ville. J'avais vomi au retour trois fois dans les toilettes de l'avion sous le regard réprobateur d'une hôtesse d'Air France dont le badge affirmait qu'elle s'appelait Marie-France.

Avec Florence, nous avions pris le train. Nous étions arrivés au matin, encore engourdis par le balancement des wagons-lits et l'étroitesse des couchettes. Au sortir de la gare, le Grand Canal nous était apparu, scintillant, irréel, laqué de rires et de cris, de miroitements et de mouettes. C'était au tout début d'un mois de novembre. Il faisait très beau. La ville s'était vidée de ses touristes. Nous logions dans une pension du *Dorsoduro*. Le matin, nous prenions notre petit déjeuner au comptoir d'un bistro sur les *Zattere*, non loin de *Santa Maria del Rosario*, et le soir, assis dans un angle du même bistro, nous mangions ce que le patron sarde proposait, sans demander la carte ni le menu, ragoût de chèvre, *spaghetti alla bottarga*, *risotto* à la citrouille accompagné d'un *bovale* ou d'un *cannonau*. Le midi, nous avions nos habitudes sur le Campo Sant'Angelo, et restions longtemps après le repas à prendre le soleil, sirotant de petits verres de *limoncello*, fumant des cigarettes, nous tenant la main, unis par une légère ivresse et un bonheur qui nous faisait nous regar-

101

der sans cesse et nous sourire. Quand nous ne mangions pas, nous faisions l'amour ou nous nous promenions au hasard. Venise est la seule ville au monde où l'on peut s'égarer sans se perdre. Nous marchions dans notre vie autant que sur les pavés. Nous étions heureux sans vraiment le savoir. Je veux dire, sans le savoir à ce point, et à ce moment.

J'avais mis Elena dans les pas de Florence. Sans le lui dire, j'avais refait avec elle le même périple. Nous prenions le matin un *ristretto* et des *cornetti* dans le même bar des *Zattere* où nous dînions également le soir. Le nom de l'établissement avait changé et le patron n'était plus sarde mais frioulan. La nourriture restait bonne. Le midi, nous déjeunions sur le Campo Sant'Angelo. Nous mangions des *spaghetti alle vongole*, ou à la langouste. Nous buvions du vin blanc de Sicile. Et puis de petits verres de *limoncello*. Je fumais des cigarettes. Elena me prenait la main. Il faisait beau comme avec Florence, mais c'était le mois de mars. Et Florence n'était plus ma femme. Quant à Eugène, il était mort depuis deux ans, jour pour jour ou presque, même si cela ne veut rien dire, les jours, pour les morts. Nos pas me faisaient emprunter les mêmes ruelles, traverser les mêmes ponts, nous amenaient sur les mêmes quais que lors de mon précédent voyage, notamment au bord du *Rio della Misericordia*, sur la *Fondamenta Ormesini*, où la beauté trop célébrée de la ville se goûte davantage, il me semble, parce que là, elle apparaît comme au sortir du bain, naturelle, sans apprêt, défaite d'une distance légendaire encombrée d'ors douteux et de faux brillants.

Elena ne pouvait se douter que je la faisais aller ainsi sur les traces d'une autre, sur les pas d'une histoire qui n'était plus. Je marchais en la serrant contre moi, comme j'avais marché sur les mêmes chemins en serrant contre moi Florence. Le soir nous faisions l'amour dans la petite pension comme j'y avais fait l'amour avec Florence. J'embrassais les longues cuisses d'Elena, son sexe lisse entièrement que j'avais appris à aimer ainsi, son ventre si plat qu'il en était incurvé, souple et tendu comme un cuir de barbier, ses lèvres et sa langue qui avait le goût des vins du Sud, de fruits forts et de baies noires.

Je flottais dans la confusion des heures et des années, me demandant si je voulais réconcilier des moments séparés de ma vie, ou salir les uns avec les autres, mettre en joue le passé avec le présent, ou l'inverse, inventer un pesage immatériel, une compétition sans public. Je me traitais de salaud. Au fond, je ne savais pas très bien ce que j'essayais de faire en agissant comme cela. Elena ne se doutait de rien. « Tu me rends heureuse, m'a-t-elle dit un soir. — Je te mens sans cesse, lui ai-je répondu. — Eh bien continue. »

Puis elle s'est endormie contre moi, d'un coup, comme une enfant.

Le jour de notre départ, nous allâmes visiter la fondation Pinault, à la *Punta della Dogana*. Dans une des dernières salles à l'étage, étaient installés les gisants de Maurizio Cattelan. Neuf corps dérobés aux regards par un drap de marbre blanc. Elena ne fit presque pas attention à eux. Elle alla vers une fenêtre ronde admirer la lagune et la *Giudecca* sur la rive opposée. Quant à moi, je songeai de nouveau au sommeil, à la vie qui se fige, qui s'arrête et se suspend. Depuis que l'humanité existe, on estime à cent cinq milliards le nombre de femmes et d'hommes qui se sont succédé sur la terre. Près de cent milliards ont déjà disparu, dont il ne reste rien ou presque.

Les corps cachés à ma vue n'avaient pas la position hiératique et codifiée des gisants du Moyen Âge. En les regardant bien, on pouvait même prendre certains d'entre eux pour des dormeurs, des couples faisant l'amour et se cachant à notre vue, des victimes d'accidents, d'attentats, de grands brûlés que le feu avait tordus comme des sarments de vigne.

Mon regard allait des corps de marbre à celui d'Elena à sa fenêtre. Je revenais vers les gisants. Je passais du vivant au non vivant. Je me disais que ma place à cet instant était au juste milieu de ces deux pôles. J'aurais voulu toucher les corps, ou m'allonger près d'eux, soulever un drap de marbre blanc et me glisser sous lui. Faire ce geste rêvé et impossible.

Mais Elena s'est alors retournée et m'a souri.

XII

C'est le début du mois de mai. Un mai de pluie et de bourrasques. Le scénario de *La Fabrique intérieure* avance bien. Je l'écris le matin. Est-il besoin de dire que le voyage à Venise n'a pas eu l'effet escompté ? Je quitte Elena peu avant qu'elle ne se réveille. Je lui presse une orange, fais couler le café, glisse deux toasts dans le grille-pain, dispose sur la table les céréales, les fruits, le jambon. Je dessine un cœur sur une feuille, ou des lèvres, ou ma pauvre silhouette, mon visage aux yeux tombants, une caricature malhabile sur le crâne de laquelle je pose trois uniques cheveux et dont je strie le front de rides parallèles. Je force le trait. Je me vieillis outrageusement. Je me fais du mal. Je sors sans bruit. Je passe la frontière. Je vais d'un côté de l'immeuble à l'autre. D'une vie à une autre. Aucun douanier ne me contrôle. Qu'aurais-je à déclarer si c'était le cas ?

J'arrive chez moi. La première chose que je fais est de regarder chez elle. De regarder d'où je viens, ce qui est singulier. J'ai quitté le roman que je me suis construit jadis quand je ne connaissais pas Elena. Je me suis défait de ma peau de personnage que je revêts chaque fois que je passe la cour et sa porte. J'ai enfilé de nouveau mes vêtements réels.

Elle dort encore. Je la vois dans le lit, un coude replié sous son visage, ses longs cheveux épars sur le drap. Me revient avec une brutalité sensuelle le parfum de sa nuque, le parfum de la nuit, si proche, tout à côté, là-bas. J'ai du mal à croire, en voyant Elena d'où je suis, assis à ma table de couturier, que quelques instants plus tôt je me trouvais encore à côté d'elle, dans sa chaleur. Dans sa vie.

La Fabrique intérieure se passe dans un futur proche. Les progrès de la robotisation, ceux de la recherche en intelligence artificielle associés à ceux du développement de peaux synthétiques qui, au départ, avaient été mises au point pour le traitement des grands brûlés, ont permis d'inventer des créatures d'un aspect rigoureusement humain, appelées *Écho* par l'entreprise d'État qui les produit. Ce sont des sortes de poupées, des deux sexes, que tout un chacun peut acquérir pour une somme importante mais pas extrême, disons l'équivalent de deux années d'un salaire moyen, libre à lui ensuite de les programmer, c'est-à-dire de conformer leur mémoire, de la remplir, de la modeler. Leur utilisation à des fins sexuelles, même si elle a été une motivation d'achat dans un premier temps pour quelques clients, reste totalement marginale. Ce qui fascine les acheteurs, c'est de pouvoir structurer *Écho* comme bon leur semble. D'emplir sa mémoire avec les souvenirs qu'ils choisissent, de lui inventer un passé, une enfance, une façon de prononcer la langue, de se mouvoir, de sourire, de pleurer, de dormir. Les possibilités de programmation sont infinies et, lorsque l'opération est terminée, les combinaisons entre les données ouvrent sur un champ de réactions d'une complexité qui peut souvent dépasser ce qu'un simple être humain expérimente au cours d'une vie réelle. À l'image des ordinateurs que nous utilisons et qui, pourtant conçus par un cerveau humain, effectuent des opérations beaucoup plus rapidement que l'intelligence humaine ne le peut, et d'une difficulté qu'elle ne parviendrait pas à générer ni à résoudre.

Je fais part de mon travail à Florence. Nous buvons un café à la terrasse d'une brasserie du boulevard Voltaire. L'air est doux et humide. Elle fume une cigarette que je lui prends de temps à autre pour aspirer une bouffée. Elle m'écoute avec attention. Elle porte un tailleur pantalon. C'est la première fois que je la vois ainsi. Je songe que si nous étions encore ensemble, elle n'aurait jamais pensé à acheter une pareille tenue.

« Et tous ceux qui choisissent d'acquérir ces sortes de mannequins les demandent jeunes et beaux je présume ?

— Non justement, Paul, mon personnage principal, heurte l'administration par une demande originale, celle d'un *Écho* vieillard dans lequel il a l'intention d'implanter toutes la mémoire et les connaissances du monde. Une sorte de bibliothèque universelle, exhaustive, un internet incarné sous des traits humains et individualisé.

— Dieu ?

— Ce pourrait être un de ses noms, pourquoi pas.

— Et ta créature, elle a une durée d'existence limitée ?

— Pas vraiment. En tout cas son espérance de vie n'a rien de commun avec la nôtre. On l'estime entre deux et trois millénaires. Autant dire l'éternité. L'énergie qui la meut est renouvelable. Sa peau synthétique intègre de multiples panneaux solaires miniaturisés. La seule chose qui puisse la mettre hors circuit est de la maintenir dans le noir pendant quelques semaines. Mais cela de toute façon est sans dommage pour les données qui lui auront été intégrées, et qui demeurent quoi qu'il arrive. Il suffit de l'exposer de nouveau à la lumière et elle reprend vie, si je puis dire. »

Mes derniers mots la font sourire. Elle reste songeuse et se tourne un peu vers la rue. Il s'est remis à pleuvoir. On voit la pluie rouler sur les jeunes feuilles des arbres. C'est très beau. Comme des larmes de géant qui tomberaient sur le monde.

Un silence s'installe que ni elle ni moi ne tentons de chasser. Nous savons que nous pouvons rester ainsi sans nous parler. Je connaissais cela avec Eugène aussi. Et cela commence avec Elena. Le silence semble parfois le profond dialogue de ceux qui se comprennent. Les nuages, bas, passent comme des figurants lointains échappés d'une faible profondeur de champ et qui paraissent juste esquissés, peu réels. Mes yeux se posent de nouveau sur Florence. J'aimerais savoir à quoi elle pense à ce moment. Je lui prends une dernière fois sa cigarette. J'aspire une longue bouffée. Voluptueusement. Elle me laisse faire, me regarde et sourit, un peu tristement.

« C'est la dernière chose que nous pouvons encore partager.

— Quoi ?

— Ça, me dit-elle. Ce que tu écrases si bien, là, dans le cendrier. »

XIII

L'enterrement d'Eugène ne ressemblait pas à un enterrement, plutôt à une fête triste. Ses cinq enfants étaient là. Ninon, Marcel, Toine, Paule, Ludo. Classés par âge, et qui se tenaient côte à côte, leur mère respective chacune dans leur dos. Le plus petit pleurait, pas de chagrin mais parce qu'on refusait de le laisser courir dans les allées.

Le mois de février s'achevait, et le matin même il avait encore gelé. Le cimetière paraissait avoir été préparé par un technicien des effets spéciaux. Le givre sur les haies, le scintillement des perles de glace sur les branches basses des arbres : tout était magnifique et tout paraissait faux. Un cimetière de cinéma ou de conte de fées.

Beaucoup de visages m'étaient inconnus. J'ai souvent constaté cela lors des enterrements : le mort semble avoir eu plusieurs vies distinctes, qui ont mené leur cours, sans se mêler. On se croit souvent seul à fréquenter les autres, à vivre des instants avec eux, à les connaître. Leur disparition nous met face à leur multiplicité. Il y avait plusieurs Eugène. Il convient alors de ne pas être jaloux ni possessif. L'absence nous place sur un pied d'égalité. Elle nous dépossède pareillement.

J'étais un peu loin de ce que nous pourrions appeler la scène. J'entendais mal. J'étais arrivé en retard. J'avais préféré prendre le métro plutôt qu'un taxi, pour être certain d'être à l'heure, mais le trafic était ralenti. *Accident grave de voyageur.* Qui donc avait choisi de se suicider le jour de l'enterrement d'Eugène ? J'ai couru. Je suis arrivé à bout de souffle. J'ai pensé à Godard, qu'Eugène avait rêvé de produire. Il était même allé faire le siège de sa maison à Rolle, en Suisse, sans succès. Il avait juste pu l'apercevoir derrière un rideau, un gros cigare aux lèvres, avec sa tête de vieux hibou à lunettes, qui observait l'intrus. Godard n'avait pas daigné répondre aux coups de sonnette. Pire, il avait dû avertir la police puisqu'Eugène avait vu arriver deux voitures remplies d'uniformes. Il avait passé quelques heures à être interrogé très civilement dans un commissariat de Genève. On avait fini par le libérer en lui faisant promettre de ne plus venir embêter Monsieur Godard. La mésaventure n'avait pas empêché Eugène pendant des années de m'emmener en pèlerinage rue Campagne-Première, là où Belmondo meurt sous les balles de Daniel

Boulanger. La cérémonie avait commencé. J'ai mis du temps à calmer mon cœur.

Je viens d'écrire cette dernière phrase il y a quelques minutes. Je me suis arrêté de taper sur le clavier, pour la relire plusieurs fois. Les mots parfois se doublent d'un sens que nous ne voulions pas leur donner, et qui pourtant s'impose comme plus important que ce que nous pensions initialement leur faire dire. *J'ai mis du temps à calmer mon cœur.* Je voulais bien entendu parler des battements accélérés après ma course au sortir de la bouche de métro, mais c'est l'étendue de la peine que les mots ont dessinée. Ce sont eux qui ont raison bien sûr.

Ninon a parlé, puis Marcel qui est un peu plus jeune qu'elle, qui ne m'a jamais trop aimé – je ne sais pas pourquoi – et qui vit à Singapour où il travaille pour une société pétrolière dont il s'évertue à augmenter les profits. Toine a lu un poème qu'il avait composé, et Paule du haut de ses douze ans a chanté la chanson préférée d'Eugène, *Mon enfance* de Barbara, en s'accompagnant à la guitare. Ludo pleurait. Pas à cause de la chanson. Pour les raisons que j'ai dites. Mais aussi peut-être à cause de la chanson, qu'en sais-je au fond ? Je ne sais pas ce que cela veut dire d'avoir sept ans et d'enterrer son père. Quand Paule a fini de chanter, nous avons tous applaudi.

Et puis soudain, dans les applaudissements qui s'éteignaient en désordre, les accords d'une autre guitare se sont élevés dans l'air froid. Je reconnaissais une mélodie qu'Eugène m'avait souvent fait entendre quelques années plus tôt, et puis, dans le silence retrouvé, il y a eu la voix, une voix reconnaissable entre toutes qui a commencé à chanter les paroles :

> *God knows how I adore life*
> *When the wind turns*
> *On a shore lies another day*
> *I cannot ask for more.*

Je suis parvenu à apercevoir, au loin, debout près du cercueil d'Eugène, la silhouette filiforme, élégante, un peu voûtée comme si elle retenait un perpétuel sanglot, de Beth Gibbons, qui chantait le visage perdu dans ses fins cheveux blonds, les yeux fermés, et tout à côté d'elle le guitariste qui l'accompagnait.

> *When the time bell blows my heart*
> *And I have scored a better day*
> *Well nobody made this war of mine*
> *And the moments that I enjoy*
> *A place of love and mystery*
> *I'll be there anytime.*

Au milieu des années quatre-vingt-dix, Eugène avait produit un documentaire sur le groupe Portishead, dont Beth Gibbons était l'âme. Je savais qu'ils étaient restés en contact, qu'ils dînaient ensemble quand elle passait à Paris, et qu'il se rendait chez elle parfois, à Bristol il me semble.

> *Mysteries of love*
> *Where war is no more*
> *I'll be there anytime.*

Il me parlait de temps à autre d'elle, « tu l'aimerais beaucoup, j'en suis sûr », de sa légèreté d'équilibriste ironique avec laquelle, disait-il, elle avance dans le monde et dans la vie. Sa voix fragile, et qui ce jour-là l'était encore davantage, par la faute du chagrin peut-être et aussi par celle du froid, montait doucement dans les ramures des arbres dénudés.

> *When the time bell blows my heart*
> *And I have scored a better day*
> *Well nobody made this war of mine.*

Nous écoutions, toutes et tous, immobiles, touchés par le chant de l'Anglaise qui nous unissait plus encore à Eugène, et les notes de guitare tissaient autour de nous un ruban doux et triste.

> *And the moments that I enjoy,*
> *A place with love and mystery*
> *I'll be there anytime.*

Il y avait des actrices, des acteurs, des producteurs. Beaucoup de femmes, énormément de femmes, belles, jeunes ou moins jeunes dont le froid rosissait les joues et embuait les yeux. Certaines semblaient pétrifiées dans une sorte de stupeur attendrie.

Mysteries of love where war is no more
I'll be there anytime.

Jusqu'à la fin Eugène a essayé de séduire. Jusque dans les dernières semaines, quand il ne quittait plus le lit de l'unité de soins palliatifs où il avait été admis. « L'antichambre », comme il disait.

Je passais chaque jour plusieurs heures avec lui. La dernière conquête qu'il a tenté de faire fut celle de Marguerite, une des infirmières de l'équipe de jour. Une Martiniquaise que je n'ai jamais vue ne pas sourire.

« Voulez-vous m'épouser, Marguerite ? lui disait Eugène devant moi, je suis libre comme l'air. »

Marguerite riait. Lui caressait les joues. Lui massait les jambes et les pieds. Le dos. Avec une crème qui sentait l'amande et l'huile d'olive.

« Je suis sérieux, Marguerite. N'est-ce pas que je suis sérieux ? Dis-lui, toi qui me connais si bien ! » Eugène me prenait à témoin. J'acquiesçais. Je savais qu'il était sérieux. Qu'il aurait épousé Marguerite si elle avait dit oui. Eugène mourait d'être seul.

Son petit cancer devenu grand était apparu dans un moment où Eugène, pour la première fois de sa vie, dans son âge adulte, était seul. Un moment où il n'était pas amoureux, où il n'était plus avec sa précédente compagne et pas encore avec la suivante. Le cancer s'était glissé dans l'interstice que l'amour avait laissé libre. Une fois là, il n'avait plus voulu partir et il avait écartelé méthodiquement le faible espace. Eugène était mort de ne plus aimer et de ne pas être aimé. Ce n'est que plus tard que j'ai pensé à cela. L'explication en vaut une autre. Elena ne s'est pas moquée de moi quand je lui en ai parlé.

Lorsqu'il le pouvait encore, nous sortions tous les deux dans la cour de l'hôpital, Eugène dans un fauteuil roulant que je poussais doucement car je craignais toujours qu'il ne bascule en avant. Je l'enroulais dans deux couvertures. La tête dépassait à peine. « Tu ressembles à E.T., lui disais-je. — Rassure-toi, je ne compte pas m'envoler », répondait-il. Il faisait froid. Et sec.

Une après-midi de février, nous avons même quitté l'enceinte de l'hôpital. En douce. « Emmène-moi au-dehors, je veux dire dans la rue. Emmène-moi dans un café. Je veux revoir un café. » Et comme je rechignais, lui disant que c'était de la folie, Eugène a ajouté : « Considère que cela fait partie de mes dernières volontés. Estime-toi heureux de pouvoir en exécuter une alors que je suis encore vivant. Ce n'est pas donné à tout le monde. »

À une cinquantaine de mètres du porche, il y avait un bar-tabac tenu par des Chinois. Ni le barman ni la serveuse – sa femme ? sa sœur ? – ne se sont étonnés de notre curieux équipage. J'ai poussé un peu les tables pour faire passer le fauteuil. Nous nous sommes installés au fond de la salle. Nous étions les seuls clients. Eugène avait un visage de poisson-lune, sans couleur, d'une rondeur atroce et livide. Cireuse. Seuls ses yeux n'avaient pas changé. Il me l'avait fait remarquer. La maladie triomphait de tout son corps, mais pas de ses yeux. Les yeux qui sont les mêmes, de l'enfance à la mort.

Nous avions commandé deux verres de vin – un Médoc pour Eugène, un Riesling pour moi – pour avoir l'air de vrais consommateurs, mais nous n'y avions pas touché. Nous avions tout de même trinqué.

« À quoi ? m'avait demandé Eugène, provocateur.

— À la Chine », lui avais-je répondu.

Il avait souri.

« À la Chine ! »

Eugène regardait autour de lui comme si nous étions face à un spectacle féerique. Le bar était lugubre, d'une laideur remarquable, sol en carrelage beige, tables et chaises en plastique vert comme celles que l'on aperçoit derrière des pavillons de banlieue, près d'un barbecue en dur. Au plafond des néons circulaires versaient sur nous une lumière d'aquarium et au mur d'épouvantables paysages stylisés, en écaille et fausse nacre, figuraient des rizières et des ponts sur des lacs. Les yeux d'Eugène brillaient de plaisir. Ils se posaient sur les choses, *les choses de la vie*, la vie dont il savait qu'elle se dérobait peu à peu sous ses pieds, retirée comme un tapis usé par une main indifférente, une main qui faisait son métier, tout simplement.

La cloche de la porte a tinté, avec un son aigrelet, vieillot, comme on peut en trouver encore dans les films de l'entre-deux-guerres. Un couple est entré, l'homme très grand, vieillard maigre qui portait un chapeau mou de feutre sombre qu'il a enlevé immédiatement. Il avait sans doute dépassé les quatre-vingts ans. La femme était un peu moins âgée, quoique. Ils se sont dirigés sans hésiter vers une table, comme des habitués, se sont assis sans enlever leur manteau et ont commencé à parler avec animation, et à voix basse, dans une langue qui me semblait être d'Europe centrale. Ils avaient l'air de deux conspirateurs, ce qui en raison de leur âge leur donnait un aspect plus comique qu'inquiétant.

J'ai cessé de les regarder pour revenir à mon ami. J'ai constaté alors qu'Eugène semblait magnétisé par l'homme qu'il ne quittait plus des yeux. J'ai posé ma main sur la sienne. Il n'a pas réagi. J'ai commencé à caresser sa main qui était froide et gonflée. Eugène est revenu peu à peu vers moi, mais son regard dans un premier temps ne me voyait pas. Il a paru ensuite sortir d'un songe. Comme je fronçais les sourcils pour lui demander ce qui lui arrivait il m'a dit à voix basse.

« Tu ne le reconnais pas ? »

J'ai jeté un œil de nouveau vers le vieil homme. J'ai fait signe que non à Eugène.

« Kundera. C'est Milan Kundera. »

XIV

J'avais lu quelques-uns des romans de Kundera avec un certain plaisir, mais sans en garder un souvenir vivace, j'avais trouvé faible l'adaptation cinématographique qui avait été faite de l'un de ses textes. Me restait simplement du film l'image d'une brune plantureuse avec une toison pubienne sombre et fournie, qui dansait nue, je crois, avec un chapeau sur la tête. Eugène était un bien plus grand lecteur que moi. Son appartement en cela était trompeur car les pièces étaient dépourvues de livres. Il n'en gardait aucun chez lui. Sitôt lus il les donnait, ou les abandonnait sur un banc, dans un train, sur la table d'un café. « Il faut que ça tourne, comme le monde. »

Oui, maintenant qu'Eugène m'avait dit cela, je reconnaissais Kundera dans ce vieillard sculpté dans du bois mort, dont le visage paraissait constamment transcrire une importante contrariété ou une colère qu'il parvenait tout juste à dominer. Ma difficulté à le reconnaître dans un premier temps tenait simplement au fait que je l'avais *perdu de vue* pendant une vingtaine d'années. Non pas que je le connaissais personnellement, mais j'étais resté avec une image ancienne de lui, disons une photographie parue dans la presse, qui datait du début des années quatre-vingt-dix, ou un passage à la télévision à la même époque, je ne sais plus trop.

On ne mesure jamais si bien le temps qu'en rencontrant par hasard, au détour d'une rue, un homme ou une femme avec laquelle notre dernière rencontre remonte à plusieurs années. Nous étions restés avec dans notre mémoire le décalque précis d'un visage, d'une couleur de cheveux, d'une peau, d'une allure, tout cela fixé comme un trait dans le marbre, et nous subissons de plein fouet l'agression que représente cet autre, vieilli, qui nous impose de voir en lui ou en elle notre propre vieillissement, vieillissement que nous refusons d'accepter, dont nous ne prenons jamais vraiment la mesure tant l'accoutumance que nous avons de nous-mêmes, la progression quotidienne et donc infinitésimale des marques du temps sur notre corps, nous donnent l'opportunité de nous y habituer en douceur, au ralenti, – comme dans le travail obsessionnellement quotidien d'autoportraits que l'artiste Roman Opalka a fait durant des décennies – sans que cela engendre un choc émotionnel. Et lorsque nous regardons des photographies anciennes de nous-mêmes, ce n'est pas la même chose que de rencontrer cette connaissance, *perdue de vue*, et retrouvée, imposée, placée d'autorité sous notre vue, comme une facture des années passées que nous aurions négligé de payer et qu'on nous demanderait de régler comptant, sur-le-champ, alourdie de substantiels intérêts.

Le barman venait d'apporter un café à Kundera et un thé à la personne qui l'accompagnait – sèche comme lui, vêtue d'un manteau lourd, les cheveux coupés court disparaissant sous un béret de laine couleur prune. Ils n'avaient pas eu à commander. Des habitués. Qui n'adressèrent ni un mot ni un regard au barman quand celui-ci posa les tasses devant eux, trop pris qu'ils étaient par leur conversation, une conversation à la parole répartie avec équité, chacun se lançant dans une assez longue réplique, puis laissant à l'autre le loisir de prendre la main et de la garder pour un temps équivalent. Tout cela me faisait penser aux échanges interminables d'un match de tennis de la fin des années soixante-dix, un peu ennuyeux, avec Bjorn Börg d'un côté du filet et Ivan Lendl de l'autre.

De quoi pouvaient-ils donc parler avec autant d'intensité, presque de haine, même si le volume de leurs voix restait toujours faible ? La façon dont les différentes langues du monde prennent le pouvoir sur nos corps – expressions du visage et des mains, modulation de la voix, balance entre les aigus, les médiums et les graves, nasalisation, sons gutturaux ou flûtés, accentuation, rythme respiratoire – peut amener à des erreurs fondamentales sur l'interprétation des intentions du locuteur : je me souviens d'une scène dans un petit port de pêche de la baie d'Along où j'étais parti tourner en 2009 des images que je pensais intégrer dans une installation vidéo qui m'avait été commandée par le Musée municipal pour l'art actuel de Gand sur les notions d'espace, de dissolution et de limite.

J'étais depuis trois jours dans la baie et j'avais négocié avec un pêcheur pour embarquer à bord de son bateau sur lequel il vivait avec sa femme et ses trois enfants. Je n'avais pas d'itinéraire à lui soumettre. Il ferait comme bon lui semblerait. Je jouais des heures avec les enfants. J'aidais parfois le pêcheur à remonter un filet. J'allais sur le pont, m'y allongeais. Je fermais les yeux, longtemps, les ouvrais soudain et devant moi la terre de nouveau tentait d'imposer à la mer la présence constellée de dents hautes, chicots énormes fichés dans les eaux vertes, bourdonnants d'une végétation moussue peuplée d'oiseaux et de rumeurs. Je dormais dans un hamac, qui bougeait un peu avec la houle et me faisait croire qu'on m'avait ménagé une place confortable dans le grand balancier d'une horloge dont j'étais devenu le gardien, comme on peut être gardien de phare. Nous mangions assis tous en rond, sous un auvent de toile, du riz blanc et du poisson, des légumes. Le soleil me paraissait dérouté par le cap changeant du bateau. Je filmais parfois sa lueur à la surface de l'eau ou les ombres massives qu'il tentait d'imposer à la mer en faisant basculer sur sa surface un pan entier de jungle et de falaise.

Dans un petit port où nous avions mouillé, j'étais descendu à terre pour marcher un peu dans le village, quelques maisons de paille tout au plus, une amorce de rue dans laquelle, à même le sol de terre battue, des enfants jouaient avec un cochon noir, un chien et quatre poules. Soudain une dispute d'une incroyable violence éclata quelques mètres plus loin.

Cinq hommes se tenaient accroupis autour d'une bassine en plastique dans laquelle de gros poissons pâles, semblables à des carpes malades, sortaient de temps à autre leur gueule de l'eau, blanche et parsemée de barbillons, pour l'ouvrir largement à l'air comme s'ils tentaient d'implorer du secours. Les deux qui se faisaient face criaient plus fort encore que les trois autres. Leurs voix s'entrechoquaient comme des épées, produisant des sons tout à la fois sourds et aigus, tranchants. Chacun d'eux tendait aussi vers l'autre une main menaçante, qui parfois désignait les poissons, les autres individus, et revenait vers celui auquel le locuteur s'adressait.

L'intensité de la dispute était telle que tous les bruits du village paraissaient avoir été gommés par les voix qui se brisaient l'une contre l'autre. Subitement les deux hommes se sont levés, leurs visages se sont encore rapprochés l'un de l'autre, et leurs traits m'ont semblé, comme dans un processus rapide d'anamorphose, se déformer davantage. Leurs compagnons se sont levés aussi, rajoutant leurs corps gesticulants à la bataille, ainsi que leurs voix et leurs mots dont j'entendais bien que ce n'était pas du vietnamien mais dont je ne parvenais pas à comprendre s'il s'agissait de paroles d'apaisement ou bien d'encouragements à la haine et au pugilat.

J'étais en train de me demander s'il fallait intervenir d'une quelconque façon afin de tenter de les ramener au calme quand soudain ils se turent. L'un des deux, qui avait été le plus vindicatif, sortit de sa poche une liasse de billets, qu'il compta rapidement et tendit à celui qui se trouvait face à lui de l'autre côté de la bassine. Celui-ci recompta les billets, fit une sorte de signe d'acquiescement de la tête. Le premier homme se pencha sur la bassine, saisit par les ouïes deux poissons qu'il leva en l'air, examina sur toutes les faces, et comme il semblait en être satisfait, lui aussi fit un signe de tête et s'éloigna, accompagné par deux des spectateurs.

Ce que j'avais pris pour une altercation allant crescendo n'était qu'un marchandage entre Chinois. Tout cela m'avait appris que nos corps, nos gestes, nos voix, ne peuvent se lire avec justesse et sans contresens que dans une bulle circonscrite qui est celle de la culture dans laquelle nous avons grandi ou dans laquelle nous vivons depuis suffisamment de temps pour en connaître la grille de lecture. Peut-être Kundera et la femme qui l'accompagnait étaient-ils en train de se parler d'amour, d'échanger des idées et des mots doux, des phrases d'une infinie tendresse mais dont je ne percevais que la surface irrégulière, malhabilement rabotée, faussement froide et rugueuse ?

XV

Eugène ne quittait pas le vieil homme des yeux. Il paraissait fasciné et l'écrivain ne se rendait pas compte qu'il était ainsi observé. Je fis remarquer à mon ami que l'heure tournait et qu'il faudrait peut-être songer à réintégrer l'hôpital avant que Marguerite ne lançât à nos trousses le service de sécurité.

« Laisse-moi encore un peu là, me répondit Eugène, sans même me regarder. Je ne sais pas si tu te rends bien compte de ce que représente cette rencontre fortuite pour moi. Cet homme que tu vois là, qui n'a l'air de rien sinon d'un vieillard en parfaite santé, alors que moi je ne suis plus qu'une petite chose souffrante, a sans doute été l'écrivain qui a le plus compté pour moi. Je lui dois des moments parmi les plus précieux et les plus féconds de ma vie. En le lisant, il me semblait que j'entrais de plain-pied dans ce que la représentation de la vie et la vie elle-même peuvent avoir d'admirable, d'absurde, de grotesque, d'ennuyeux, d'unique et de risible. Il me semblait aussi que grâce à ses romans j'adhérais à un continent européen de la littérature et de la pensée, à un espace que seuls les livres produits par les plus grands esprits peuvent dessiner et dans lequel tout lecteur est reçu comme un invité de marque.

« Je sais que nous devons vraiment d'être ce que nous sommes à nos parents certes, à des maîtres d'école, des professeurs peut-être, mais je suis persuadé que nous devons beaucoup dans notre construction intime et affective aux artistes, qu'ils soient morts ou vivants d'ailleurs, et aux œuvres qu'ils ont produites et qui demeurent, malgré leur effacement, malgré le temps qui supprime les sourires, les visages et les corps. C'est pour cela que j'ai voulu faire ce métier. Je savais que je n'étais pas un artiste. Mais je voulais vivre au plus près d'eux. Les aider du mieux que je pouvais afin qu'ils accouchent de leur œuvre. Je ne serais peut-être pas ici avec toi si je n'avais pas rencontré un jour celle de cet homme. Ma vie aurait vraisemblablement été différente. Je ne dis pas qu'elle aurait été pire ou meilleure, mais elle aurait été différente. Toi et moi ne nous serions pas connus peut-être. Tu imagines ? Il m'a donné une part de sa force, de son obstination, de son intelligence aussi. Le lire, c'était écouter une voix qu'on voulait faire taire. C'était aller contre un certain sens de l'histoire qui imposait à des millions d'hommes un asservissement et une amputation de leurs libertés fondamentales. »

Cela faisait des semaines que je n'avais pas entendu Eugène parler autant, et avec autant d'énergie. La maladie prélevait en lui chaque jour son tribut de forces vives. Parfois, quand il s'assoupissait dans son lit et que je restais à ses côtés, je regardais longuement son visage devenu presque méconnaissable, son corps amaigri, je songeais à ces paysages tranquilles, de campagne ou de forêt, qu'on livre soudain un jour à quelque projet immobilier ou commercial, et sur lesquels on voit alors fondre des engins de chantier aux allures d'insectes géants, hostiles et besogneux, excavatrices, bulldozers, pelleteuses, camions-bennes aux roues démesurées qui, après avoir en quelques heures ravagé les beautés de la surface, fouillent avec méthode et obstination l'intérieur du lieu, enlevant les organes vitaux et toutes les entrailles, creusant dans les profondeurs, récurant, drainant, rabotant, pour ne laisser au terme de quelques semaines qu'un trou gigantesque aux abords nus, sorte de champ opératoire duquel on aura extrait toute matière vivante et dans lequel désormais on pourra couler des tonnes et des tonnes de béton mort.

Les corps déclinent comme des fleurs dans des vases, qui baissent un jour leur corolle puis s'affaissent dans un effondrement irréversible de leurs couleurs et de leurs parfums. Même l'eau claire dans laquelle elles puisaient leur beauté et leurs senteurs se colore d'un trouble inquiétant, comme si leur mort devenait apparente dans un précipité souillé et malodorant. Les sourires et les plaisanteries de Marguerite ne parvenaient plus à provoquer chez Eugène qu'une grimace qu'il essayait de rendre gaie, comme un clown dont on ne sait jamais vraiment s'il pleure ou s'il rit. Il avait abandonné ses propositions de mariage, mais je voyais encore combien, quand l'infirmière lui massait les tempes, ou les bras, ou la nuque, le contact avec ce corps féminin, la tendresse retenue mais réelle avec laquelle la soignante caressait mon ami, procuraient à celui-ci un plaisir irradiant, et je le sentais en ces instants se détendre, se dénouer, se relâcher et, les yeux mi-clos, appareiller vers quelques souvenirs d'amour et de douceur, des étreintes et des instantanés de plaisir que la mémoire parvenait encore à ressusciter vivement alors même que son corps ne lui distillait plus que des refus, des désagréments, des souffrances.

Mais, pour en revenir à cette scène dans le bar-tabac, à la transfiguration à laquelle j'assistais, je mesurais, en ce jour froid de février, dont on se demandait si la luminosité faible était due à une sorte d'éclipse partielle, à un nuage de particules infusant désormais sa grisaille dans l'atmosphère parisienne ou à un deuil céleste, combien la littérature peut compter parfois plus que la vie, et aussi combien la littérature parvient à rendre la vie plus vivante, à la réanimer, à chasser en elle, et pour un temps donné, hélas, ce qui la ronge, la mine et la détruit.

Eugène avait fermé les yeux et récitait quelques titres des livres de Milan Kundera, en les murmurant, comme s'il s'était agi d'un poème : « *La Plaisanterie, Le Livre du rire et de l'oubli, L'Insoutenable Légèreté de l'être, La vie est ailleurs, La Valse aux adieux.* »

Il le fit à voix si basse que le vieil écrivain, toujours emporté dans sa discussion, ne l'entendit évidemment pas.

« Sa voix ne venait pas simplement de l'Est, reprit mon ami. Elle n'avait pas simplement grandi de l'autre côté de ce mur qui a fini plus tard par tomber, elle venait de ces profondeurs humaines où se nichent nos élans merveilleux et complexes. Elle tissait nos misères et nos grandeurs, nos défauts et nos beautés. Elle me faisait me sentir davantage homme et davantage libre. Elle gonflait mes poumons. Elle a été mon sang. Je me souviens que lorsque j'avais pour la première fois un de ses livres dans ma main, le dernier livre édité, je me sentais vibrer comme lors d'un rendez-vous d'une importance capitale, et si on m'avait demandé de choisir entre lire un de ses livres ou passer une nuit chez une jeune fille, je n'aurais pas hésité une seule seconde. Et pourtant, tu me connais…

« Lui qui a tant manié l'ironie dans son œuvre, poursuivit Eugène, trouverait cela sans doute cocasse : le mourant auquel on procure un dernier plaisir, côtoyer pendant quelques minutes, dans un bar-tabac sans grâce tenu par des Chinois, un des hommes qui a le plus compté dans sa vie. Ne me dis pas qu'il n'y a pas là une manifestation de la malice de quelqu'un qui s'amuse à jouer avec nous comme de pauvres petites souris de laboratoire ?

— Tu ne vas tout de même pas te mettre à croire en Dieu ?

— Non, ce serait trop simple. Et puis ce serait trop tard. Je laisse les paris de dernière heure à ceux qui meurent de trouille.

— Pourquoi tu ne lui dis pas tout ce que tu viens de me dire ? Tu veux que je pousse ton fauteuil vers sa table ? »

Eugène leva la main pour stopper toute tentative de ma part.

« Regarde-moi, voyons. Je ne suis pas dans un état à m'imposer aux autres. On ne me considère plus comme d'égal à égal. On m'a déjà éliminé de la table de jeu. Au pire ou au mieux on me prend en pitié ou en dégoût. Je ne recherche ni l'un ni l'autre. Kundera a écrit de grands livres, mais il ne peut tout de même pas guérir les cas désespérés. Laisse-moi encore ici quelques minutes. Cela me fait tout drôle de respirer le même air que lui. La terre est si petite, et j'y étais si bien. »

Nous quittâmes un peu plus tard la salle en essayant de rendre notre sortie le plus discrète possible, mais au moment où je tentais de faire pivoter le fauteuil d'Eugène entre deux tables afin de le remettre dans la bonne direction, j'accrochai une chaise qui racla le sol dans un bruit désagréable. Kundera cessa subitement de parler et se tourna dans notre direction. Il m'ignora complètement et n'eut d'yeux que pour Eugène sur lequel il posa un regard neutre. Il me fit alors penser à ces grands patrons de médecine qui, à la simple vue du patient, grâce à un ensemble d'indices à eux seuls lisibles et interprétables, posent un diagnostic que corroboreront par la suite tous les examens.

Progressivement le regard de Kundera perdit de son apparente froideur, à mesure aussi que les traits de son visage, dont la discussion avait modelé les rides en un réseau buté et hostile, se détendaient. Alors un sourire apparut sur ses lèvres et ses yeux, sous le double arceau de broussailleux sourcils, s'éclairèrent d'une lueur enfantine. Il salua Eugène d'un signe de tête qui n'était pas une simple et quelconque marque de politesse rapide, mais au contraire un geste dans lequel il parvint, comme dans un de ses livres en somme, à glisser derrière la simplicité des apparences une profondeur insoupçonnée.

Sur le trottoir, Eugène, aux anges, emmitouflé jusqu'à la tête dans les couvertures, regardait le ciel gris et ne cessait de murmurer, d'une voix éraillée et joyeuse : « *E.T. go home... E.T. go home...* », sans apercevoir au loin, à l'entrée de l'hôpital, Marguerite furibarde, entourée de deux vigiles, qui gesticulait et levait le poing dans notre direction.

XVI

Les propos d'Eugène que je rapporte ne sont évidemment pas à la lettre les phrases qu'il a prononcées. Je n'ai pourtant pas l'intention de lui prêter des mots qu'il n'aurait pas dits. J'essaie de lui être fidèle, mais la mémoire et le langage agissent, malgré moi, comme des recadrages d'une réalité qui a indubitablement existé mais qui appartient à un passé qui s'éloigne. Je me rends compte qu'écrire est une inhumation qui ensevelit tout autant qu'elle met de nouveau au jour. Le cinéma n'opère pas de la même façon, mais il est vrai qu'il n'est pas constitué non plus de la même matière.

La voix d'Eugène, si elle demeure vivante et nette dans la partie de mon cerveau où sont conservés les sons qui me touchent, ne pourra jamais se lire dans mes phrases. Le vocabulaire que je lui prête est en vérité le mien car, à part quelques moments où, comme des fulgurances, ses mots percent l'oubli et s'installent dans mon récit, ils ne peuvent exister sans moi, sans mon intercession. C'est pourquoi, hélas, à l'inverse de ce qui aurait eu lieu si je l'avais filmé durant nos conversations et les scènes que je rapporte, il m'est impossible de donner la moindre idée du grain de sa voix, de ses inflexions, de son tempo, ni de ses gestes, de la façon dont son visage s'animait. Et quand bien même j'aurais pour principe de décrire avec une obsessionnelle précision la façon dont ses traits bougeaient au fil des conversations – ce dont je me souviens parfaitement –, cela deviendrait artificiel car j'aurais l'impression d'opérer une série de gros plans successifs, macrophotographiques, alors que chacun sait qu'on perçoit une impression générale et immédiate de celui ou celle qui est assis en face de nous, impression faite de centaines de détails certes, mais qui sont appréhendés et combinés en une fraction de seconde et non pas relevés les uns après les autres.

Mon ami est réduit à une présence schématique. Son corps s'est défait de ses nombreuses dimensions pour n'être plus, par le biais de mon entreprise, qu'une enveloppe plate, fidèle et infidèle, comme peut l'être un dépliant touristique d'une ville par rapport à la cité dont il parle, une carte topographique en regard du paysage qu'elle reproduit.

D'ordinaire, j'utilise les mots pour exprimer des actions, établir des décors, dans le cadre d'un scénario. Le langage alors se veut d'une pauvreté et d'une précision dignes du mode d'emploi d'un appareil ménager. Il ne s'agit que de donner aux lecteurs une idée de ce que pourra être, au final, sur un écran, la scène dont il est question. Je découvre depuis quelque temps ce que peut procurer le langage quand son but n'est pas d'être au service d'autre chose que lui-même. J'ai entrepris ce texte comme on espère reprendre une conversation interrompue, comme on tente de tisser un piège léger et invisible susceptible de capturer les voix et les instants perdus.

La mort d'Eugène ne m'a pas seulement privé de mon meilleur et seul ami. Elle m'a aussi ôté toute possibilité de dire, d'exprimer ce qui en moi s'agite et tremble. Elle m'a également fait orphelin d'une parole que j'aimais entendre et qui me nourrissait, qui me donnait, à la façon dont opère un radar, la mesure du monde que, seul désormais, je ne parviens à prendre qu'imparfaitement.

Je me suis rendu compte, Eugène disparu, combien notre amitié était une amitié de mots, et combien ces mots échangés avaient constitué pour moi, durant des années, une charpente de cette maison que nous tentons tous de construire avec patience et difficulté et qui s'appelle la vie. La mort d'Eugène a interrompu le chantier. Si certaines pièces sont achevées et me satisfont, beaucoup d'autres nécessitent des interventions plus ou moins importantes, d'autres encore n'en sont qu'au stade d'esquisse sur la table de l'architecte.

Il me semble aujourd'hui que, grâce à ce récit libre dans sa forme, dans son agencement et dans son déroulé, non seulement je force Eugène à rester auprès de moi, je le maintiens sous une sorte de respirateur artificiel, dans un coma qui n'est pas tout à fait la mort, mais je reprends aussi les travaux de ma maison. J'avance sans doute moins vite, et travaille moins bien que lorsque nous étions deux. Mais je continue. Dans le même mouvement, le texte devient le lieu de notre amitié. Eugène est là, dans les pages, les lignes, ou entre elles. Le récit est sa chambre plutôt que son *tombeau*. Et Ninon a raison : peu importe que la dalle de son monument soit de simple ciment et qu'elle s'effrite au fil des mois. Eugène n'est plus en dessous. Il est ici. Le texte est devenu l'arbre du pays Toraja.

Elena veut que je l'accompagne cet automne en Croatie. Elle désire me faire découvrir Pula, une ville côtière où elle a passé les dix premières années de sa vie. Le léger accent qu'elle porte encore comme un souvenir de parfum sur une peau est le témoin de cette enfance. Cela me touche beaucoup qu'elle ne l'ait pas perdu, qu'il subsiste toujours en elle encore aujourd'hui une part de l'enfant qu'elle fut, et qui ne veut pas quitter la ronde. Je n'ai pas dit oui, je n'ai pas dit non. Je ne réponds rien. Je botte en touche. Je prends prétexte du projet de film. Que serait le monde si nous tous disions la vérité ?

XVII

Depuis que j'essaie de faire des films, j'ai pris l'habitude d'achever l'écriture de mes scénarios dans la maison de mon enfance, dans la chambre que j'y ai occupée, sous le toit, et que mon père avait recouverte de lambris de sapin quand j'avais douze ans, pour lui donner à ma demande l'allure d'une chambre de chalet ou de refuge de haute montagne. Un seul vasistas y apporte une maigre lumière qui tombe sur le lit. Le bureau est en bois lui aussi, vissé dans un angle du mur. En soulevant le vasistas, je pouvais au prix d'une petite acrobatie me hisser sur le toit, les soirs d'été. J'ai fumé là mes premières cigarettes en rêvant d'escalades. Je regardais le ciel. J'écoutais le chant des grenouilles qui montait d'une mare située en contrebas des jardins que cultivaient mes parents. Ma vie future me paraissait aussi étendue que la Voie lactée, chaque point luminescent figurant une journée de cette vie, les plus brillants témoignant des plus intenses et des plus inattendus des jours à venir. Les parfums de foin et de bêtes que le vent apportait m'enivraient légèrement, à moins que ce fût ce premier tabac, mentholé, que je fumais en douce. J'étais heureux. J'attendais que tout commence.

Je suis un mauvais fils. Ma mère n'est pas morte, et je ne la visite que rarement. Si j'écris qu'elle n'est pas morte, c'est que je ne me résous pas à écrire qu'elle est vivante. Elle l'est à peine. Ou différemment. Sur un mode qui n'est pas celui que connaissent la plupart des êtres humains. Son corps survit sur une chaise roulante, dans la maison de retraite de la petite ville où nous avons vécu. On l'y installe après l'avoir lavée, extraite de son lit, habillée. On la pousse dans une salle commune où elle se mêle à d'autres chaises roulantes dans lesquelles sont assis des femmes et des hommes aussi muets et recroquevillés qu'elle, aux cheveux clairsemés devenus incoiffables, dont les regards noyés fixent éternellement le sol et les bouches rétrécies bavent un peu, qu'on nourrit de soupe claire et de purée, de flans et de yaourts, à la cuillère, comme de très vieux corps enfantins.

Parfois l'un d'eux émet un cri bref, qui en provoque un deuxième chez un autre pensionnaire, et un troisième chez un autre encore, ainsi de suite, et on a soudain l'impression d'être dans la ménagerie d'un jardin des plantes abandonné, sous la verrière de laquelle quelques animaux presque centenaires, appartenant à une espèce qu'on croyait disparue, manifestent de façon brève et déchirante leur existence oubliée.

À chacune de mes visites, je ne peux rester longtemps près de ma mère. Quand je la regarde, je vois l'esquisse malhabile qu'un rapin aurait pu faire d'elle, se trompant sur ses traits, les proportions de son corps, la ligne de sa silhouette, la morphologie de son visage. Sa mâchoire avec le temps a conquis tout le territoire. Elle règne en maîtresse anguleuse et énorme, reléguant les yeux qu'elle avait si vifs et si jolis, les sourcils, le front, le nez, dans un arrière-plan très secondaire où ils ont fini par se dessécher et s'effondrer sur eux-mêmes. Son cerveau, même s'il ne fonctionne plus, paraît peser considérablement et entraîner tout le crâne et le corps vers l'avant, dans une chute qui pourtant n'a pas lieu puisque le personnel attache à leurs chaises roulantes ma mère et ses semblables avec des sangles de sécurité qui soulignent la maigreur de leur corps, sa disparition progressive, son effacement.

Elle qui était une grande et grosse femme ressemble désormais à une petite chose de chiffon, confondue, rabougrie, friable et toujours fiévreuse, tremblotante aussi, comme les oisillons glabres que je découvrais au printemps dans les nids, à la peau si transparente que je pouvais suivre sous sa rougeur luisante l'entier système vasculaire, et dont la tête énorme, poinçonnée de deux yeux encore aveugles sous les paupières soudées, dodelinait sur le cou maigre, trop faible pour supporter longtemps son poids, et qui ouvraient un bec jaune, démesuré, quand ils percevaient ma présence tout en piaillant faiblement.

Je m'assieds près d'elle. Je prends une de ses mains dans les miennes, comme un rameau de chair brûlante, que je caresse tout en lui parlant, me forçant à mener une fausse conversation dont je sens bien qu'elle ne perçoit aucun élément, racontant un peu ma vie, le temps qu'il fait, les changements que j'ai pu constater dans la petite ville, mais ma voix vite se grippe et décline comme le volume d'un poste de radio dont soudain les piles flanchent. Je finis par me taire. Nous nous taisons côte à côte. Je me fais honte en calculant les minutes qui viennent de s'écouler. Je regarde ma montre. Le temps d'ici n'est pas le temps du dehors. Il possède une viscosité qui englue chaque seconde, qui conglomère les heures en de lourds amas d'une densité peu terrestre. Je me dis qu'il faut que je reste encore. Par décence. Je me dis qu'elle est ma mère et que je suis son fils, même si nous appartenons désormais chacun à des espaces qui ne se rencontrent plus. Qu'elle occupe un monde dont j'ignore tout, dans lequel je ne sais pas si la souffrance, la douleur, le plaisir, les rêves, les souvenirs, le temps, existent, et qu'elle-même ne sait plus rien du mien, ne peut aucunement comprendre ce que j'éprouve, ce que je ressens, ni quelle est mon existence.

Toute sa vie est concentrée dans le battement rapide du sang dans les veines qui désormais paraissent vouloir s'affranchir de son corps, en sortir comme en témoigne leur émergence sous sa peau, ce qui rend noueuse la surface de ses bras, comme si un réseau de racines y était subitement apparu, bleues ou violettes selon les endroits, parfois marbrées d'étendues sombres, mauves ou noirâtres, souvenirs d'hémorragies minuscules dues aux anticoagulants. Il y a le souffle aussi, mesuré, d'une amplitude minimale, dont chaque inspiration paraît provoquer un effort souffrant, dont chaque expiration semble la dernière, aux rauques allures de râle, les deux mouvements étant séparés par une suspension infinie, une apnée qui me paraît interminable mais qui n'est pas encore la mort.

Elena m'a accompagné à la gare. Nous avons joué sur le quai la scène des gens qui s'aiment et se séparent. Elena n'a pas joué bien sûr. Elle n'a pas à faire semblant. Moi non plus je n'ai pas fait semblant, mais toujours il semble que derrière mon épaule un autre moi-même, désabusé, moqueur, empoisonné d'ironie, me cadre et se moque. Je n'ai, dans aucun de mes films, tourné dans une gare et n'ai donc jamais filmé un couple qui se dit au revoir, qui se sépare pour une semaine ou pour toujours. Sans doute parce que cette scène encombre des milliers de films et qu'elle a fini par ne plus rien dire, par ne plus signifier autre chose que ce qu'elle montre. Sans doute plus vraisemblablement parce que je ne saurais pas le filmer. Je ne pourrais que reproduire ce qui a été fait par bien d'autres avant moi, or j'ai besoin de croire que ce que je fais n'a jamais été fait, en tout cas de la façon dont je le fais, même si cela n'est pas vrai. Comment durer sinon ?

J'ai trouvé très belle la façon dont Elena a progressivement disparu quand le train s'est mis en marche, comment elle est sortie du cadre alors qu'elle était immobile, que son corps paraissait faire partie de la dureté matérielle du quai, et que seul son bras droit s'est levé, qu'elle a porté sa main à ses lèvres et m'a envoyé un baiser que je n'ai pu recevoir qu'à demi car le bord du cadre en effaça l'autre moitié, mais sont apparus presque immédiatement, grâce au travelling qui continuait, d'autres femmes, et même des hommes qui eux aussi envoyaient des baisers ou agitaient des mains, dispensaient des *au revoir* contrariés ou joyeux, dont je recevais des fragments alors que bien entendu je n'en étais pas le destinataire, sans que jamais je ne puisse voir le visage de celles et de ceux auxquels ils étaient réellement destinés, moi qui étais pourtant dans le même lieu qu'eux, un lieu détaché, qui prenait de la vitesse, nous emportait, nous séparait mécaniquement de ceux que nous aimions, et dans lequel bientôt, après dix ou quinze minutes, la plupart des voyageurs allaient s'endormir comme si la compagnie des chemins de fer en plus de transporter des êtres humains avait charge aussi de les plonger dans un profond sommeil.

Je dors dans la chambre d'enfance. Je prends mes repas dans la cuisine d'enfance. Je relis et corrige le scénario de *La Fabrique intérieure*. Je passe voir ma mère en fin d'après-midi. J'appelle Elena le soir, longuement. Il me semble la voir, étendue sur le lit, en short de pyjama et en débardeur. Elle met la dernière main à sa thèse qu'elle doit soutenir dans quelques mois. Nous ne sommes plus que deux voix sans corps. Je me demande ce que serait le monde si les humains étaient réduits à leur voix, si tous les corps disparaissaient d'un coup et qu'il ne restât plus que les voix. En serions-nous meilleurs ?

À la fin de nos conversations, Elena me dit qu'elle m'embrasse et elle imite le bruit des baisers qui me parviennent déformés par la mauvaise qualité de mon téléphone que je rechigne à changer car il contient encore, comme un vieux cerveau épuisé, tous les messages d'Eugène. J'ai l'impression que les baisers d'Elena sont contraints de transpercer des parois de verre pour m'atteindre, que leur douceur en est affectée, ou que quelqu'un s'escrime en distordant leur son délicat à les rendre grotesques et ridicules, mais il n'y arrive pas. Ses baisers me trouvent et me touchent. Je devrais plutôt écrire que je me surprends à être touché par eux. Le plus troublant est que je mène ces conversations du soir dans ma chambre, allongé sur mon lit d'enfance, et que, tandis que j'écoute Elena, que je lui parle, je ne sais plus très bien dans quel moment de ma vie je suis, tant le lieu est fortement attaché à ces années lointaines, et c'est non seulement moi qui reçois les baisers d'Elena, mais aussi le garçon de douze ans qui n'avait encore jamais embrassé une fille, qui en rêvait comme un lointain impossible à atteindre. Alors Elena, dans un curieux trouble du temps, devient ma première amoureuse.

Chaque matin, ici comme ailleurs, je me réveille après avoir fait le même rêve, et cela depuis des années. Je crois que cela a commencé il y a dix ans environ, sans raison : je suis dans un lieu indéterminé, dans un décor sans décor. Je tiens dans une main un revolver. Très vite, sans réfléchir, je glisse le canon dans ma bouche et tire. Il y a parfois quelques variantes : j'applique le canon sur une de mes tempes, ou sous mon menton. Le protocole peut aussi être différent : il arrive que je me pende, que je me jette dans le vide, que je m'égorge, que je me jette sous un train, ou un camion lancé à vive allure. Ce rêve de suicide violent est quotidien. Je me suicide et je me réveille. Je me réveille après la détonation mais avant que la balle ne me fracasse le crâne.

La journée peut enfin commencer. Ce n'est jamais effrayant ou tragique. Ce n'est pas un cauchemar. C'est une mise en route. C'est la vie.

XVIII

Il a fallu trouver un moyen de continuer à faire exister la maison de production d'Eugène. Deux mois après sa mort, Ninon, Marcel et moi avons reçu le même courrier que nous a transmis un notaire. C'était une lettre manuscrite. C'était la première fois que je recevais une lettre d'Eugène. Il avait fallu qu'il meure pour qu'il m'écrive. Et même si le temps écoulé entre le moment de son décès et la réception de la lettre s'expliquait par une volonté du défunt que le notaire n'avait fait que respecter, j'avais tout de même l'impression fantastique que les morts disposaient encore de la faculté de rédiger du courrier, et qu'il existait quelque part, de façon clandestine, un réseau postal réservé à leur seul usage.

L'écriture était heurtée, malhabile. En lisant les mots, on comprenait que celui qui les avait tracés avait eu du mal à le faire. La date qui figurait en haut de la feuille renvoyait à un moment, mi-octobre 2012, où Eugène avec moi faisait encore le malin en traitant sa récidive comme un bénin effet secondaire. Il savait pourtant qu'il allait mourir bientôt. Peut-être avait-il rédigé la lettre quand il souffrait beaucoup, ou lors d'une séance de chimiothérapie, dans une position inconfortable, sans support, un bras entravé par la perfusion ?

Dans son message, il nous enjoignait de nous entendre afin que sa société ne soit pas vendue à l'encan, que le catalogue ne termine pas entre les mains de n'importe qui, que ce qu'il avait fait *dure un peu* – c'étaient ses mots.

C'est ainsi que sont nés Les Films d'Eugène. Cela a tout de même pris plus de deux ans. Deux ans et demi pour être exact. Juridiquement, pour des raisons que je n'ai pas cherché à comprendre, il était compliqué de garder en l'état l'ancienne société, mais plus simple d'en créer une nouvelle, dans laquelle Ninon, Marcel et les autres enfants mineurs, représentés par un avocat, une connaissance d'Eugène inconnue de moi, étaient les actionnaires majoritaires. Je possédais pour ma part dix pour cent du capital, qu'Eugène m'avait, sans m'avertir, légués de son ancienne société, ainsi qu'un livre, qui serait le dernier livre qu'il m'aurait offert, *Sentiers sous la neige*, de Mario Rigoni Stern. Sur la page de garde il avait écrit : « Cela devrait te plaire. »

J'ai lu le livre. Cela m'a plu, évidemment. Et j'ai lu ensuite tous les autres livres publiés par cet auteur, qui au fond raconte toujours la même chose, les saisons, les guerres, les hommes, la nature dans un pauvre pays de montagne du nord de l'Italie, mais il le fait si bien qu'on prend un plaisir simple et profond à le lire, et surtout à le relire, comme si on écoutait de nouveau des histoires connues, dites par une voix proche et que l'on aime. Dans *Sentiers sous la neige*, il y a un court texte que Rigoni Stern écrit après le suicide de Primo Levi, qui était son ami. Tous deux avaient dû en 1945 traverser à pied l'Europe des morts pour revenir chez eux. Ils avaient publié leur premier livre presque la même année, mais ni l'un ni l'autre, je crois, ne s'était jamais senti un écrivain de métier. C'étaient les circonstances qui les avaient poussés à écrire, pour tenter de dire et de survivre.

Dans le texte sur Primo Levi, Rigoni Stern parle de ses promenades à ski, dans l'hiver silencieux et enneigé. Il n'est jamais seul dans ces moments : l'accompagne toujours un ami disparu, avec lequel il chemine, apprécie la pureté de l'air, les brillances du soleil sur les lointains glacés, décrypte les traces laissées au sol par les animaux sauvages. Ce jour-là c'est Primo qui fait glisser ses skis à côté des siens, même si nulle ombre ne s'allonge derrière lui. Tous deux retrouvent ce dialogue et cette complicité que même la mort n'est pas parvenue à ruiner. Je relis souvent ce texte. Il me suffit de changer les noms pour nous reconnaître, Eugène et moi.

Ninon, Marcel – qui s'en fiche totalement, ayant toujours considéré que le cinéma est une activité d'enfants qui refusent de grandir, ce en quoi je lui donne bien raison – et l'avocat m'ont fait confiance pour recruter quelqu'un capable de diriger la société. J'ai confié la tâche à Kim Soo, qui a été le directeur de production de plusieurs de mes projets, qui connaissait bien Eugène et qui aime le cinéma que nous aimions. Si tout va bien, *La Fabrique intérieure* devrait être le premier long métrage produit par Les Films d'Eugène.

Nous avons fêté la naissance de la nouvelle maison. Marcel était déjà reparti pour Singapour. Les avions n'attendent pas, pas plus que les cours du pétrole. Nous étions une dizaine, les enfants les plus jeunes couraient dans toutes les pièces. Leurs mères parlaient entre elles, comme à une sortie d'école ou à la fin d'un goûter d'anniversaire. J'étais venu accompagné d'Elena. Ninon m'a présenté un certain Max, *quelqu'un de mon âge* – elle voulait dire le sien bien entendu –, avait-elle tenu à me glisser dans le creux de l'oreille, qui a passé son temps à envoyer et recevoir des messages sur son smartphone. De profil, il ressemblait à Hugh Grant, l'acteur anglais, mais quand on se trouvait face à lui, son visage accusait un déséquilibre du côté gauche, comme s'il avait été fait de celluloïd et qu'on l'ait trop approché d'une source de chaleur. Je me suis dit qu'il y avait des êtres qu'il ne fallait voir que de dos, ou d'un seul côté, ou pas du tout. Je me suis aussi demandé quelle impression je pouvais donner aux autres, quelle image mon corps suggérait-il quand on me voyait de derrière, ou sur le côté. Nous vivons toujours avec une image partielle de nous-mêmes. Nous ne nous saisissons jamais comme les autres nous voient. Nous ne sommes pour nous-mêmes, la plupart du temps, qu'une surface frontale, plate, jamais une silhouette en déplacement, un corps entier perçu dans l'espace et qui se sculpte dans cet espace en trois dimensions. Seul l'acteur de cinéma, s'il voit les films dans lesquels il joue, ce qui n'est pas toujours le cas, peut avoir cette vision totale de lui-même.

« Je suis comment de dos ? » ai-je demandé à Elena qui passait alors près de moi en me caressant le bras.

Elle a froncé les sourcils puis a ri en s'éloignant. Je me suis tourné vers Eugène dont une grande photographie encadrée orne désormais la petite entrée des bureaux. Je ne connaissais pas ce cliché fait par les studios Harcourt, dans ce clair-obscur velouté qui caractérise le style de cette maison dont le destin longtemps a été lié à la légende du cinéma. La photographie date du début de la découverte de la maladie d'Eugène. Ninon me l'a dit. C'est elle qui a voulu mettre la photographie à cet endroit, mais c'est Eugène qui avait souhaité se faire ainsi portraiturer. Eugène regarde le visiteur. Lorsqu'on pousse la porte d'entrée, Eugène nous accueille, le buste légèrement penché en avant, une amorce de sourire sur les lèvres, le menton reposant sur le poing fermé de sa main gauche. Je le reconnais certes mais ce n'est pas tout à fait lui, sans doute parce qu'il prend une pose, parce que la lumière du studio, le travail léger de retouche opéré sur ses traits, la taille du portrait qui fait que son visage est quatre fois plus grand que dans le réel, tout cela le tire du côté des images. Ce n'est pas l'Eugène que j'ai connu. Ce n'est pas l'Eugène de la vie. C'est un être intermédiaire qui lui ressemble mais que je n'ai jamais croisé.

Chez moi, sur ma table de couturier, j'ai posé un portrait de lui, entre mille et une autres choses, des photographies de ma mère, de mon père, tous deux enfants, de moi-même, enfant également, des coquilles d'escargot, un fruit de grenade desséché, qui a perdu sa couleur et son poids, qui a simplement gardé sa forme exacte, des pots à stylos, des briquets, des blocs-notes, tout un fatras qui prend les proportions d'une installation d'art contemporain et dont je me suis promis un jour de faire la matière d'un film, d'un petit film qui raconterait l'existence de quelqu'un à travers les objets disposés sur sa table de travail. La photographie d'Eugène qui est devant moi chaque jour est un portrait paru dans *Le Monde* avec sa nécrologie, et que j'ai découpé. Je l'ai contrecollé sur un carton. Eugène est assis à la terrasse d'un café, près d'une petite table ronde à dessus de marbre. Il tient une cigarette dans sa main droite. Il ne regarde pas l'objectif du photographe. Son visage et ses yeux sont tournés sur sa droite. Il ne paraît pas fixer un point précis, mais le lointain de la rue. Il fait beau. Il est en chemise. Tout cela est très naturel. Il sourit avec mélancolie. Ou plutôt, je trouve son sourire mélancolique. J'aime qu'il ne regarde pas celui qui le regarde. Cela donne un peu moins de gravité à l'image. Sa présence en devient moins pesante, et son absence moins appuyée. Je ne pense pas que je pourrais travailler des heures sous le regard d'Eugène. Je serais sans cesse occupé à me demander ce qu'il est en train de penser de moi. Il me distrairait. Je lui parlerais.

Kim Soo m'a tapé sur l'épaule. Il me regardait avec un grand sourire. Ce soir-là, le tout nouveau directeur des Films d'Eugène faisait aussi office de serveur. Il n'arrêtait pas d'aller et de venir, remplissant les verres, proposant nems et samoussas aidé par Maguy la vieille secrétaire – je dis *vieille* parce qu'Eugène ne cessait de dire, *ma vieille secrétaire*, alors que Maguy a exactement l'âge qu'il avait. Il en parlait affectueusement comme d'un meuble, disait qu'il en avait hérité en rachetant la société ZKZ Movies, spécialisée dans la production de films X et dont les beaux jours, en cette fin des années soixante-dix, appartenaient au passé.

Maguy à cette époque s'occupait déjà du secrétariat et de la comptabilité, mais nous avions eu la surprise, Eugène et moi, quelques années plus tard, en retrouvant dans les archives rangées au fond d'un box de la cave un stock de VHS encore sous cellophane, de constater que Maguy avait aussi participé comme comédienne à quelques-unes des productions de ZKZ Movies, dont *Comtesses en rut*, *Lascives en laisse*, *Les Fleurs du mâle*. Nous n'avions devant elle jamais fait allusion à notre découverte. C'était son secret et ce fut le nôtre.

Elle était désormais une petite femme rondelette, agréable, qui faisait cinq ou six ans de plus que son âge, habillée constamment de couleurs automnales, et qui venait d'être grand-mère pour la deuxième fois. Parfois, lorsque je l'observais, tandis qu'elle me parlait de certains détails comptables, me donnait des billets de train, vérifiait des rendez-vous avec moi, sans volonté aucune de ma part, me revenaient subitement en mémoire quelques plans des films que nous avions visionnés Eugène et moi, et au travers du corps actuel de Maguy se dégageait son corps ancien, comme sortant d'une gangue terreuse, d'une carapace de kaolin retiré du four et que l'on brise pour mettre au jour une pièce de faïence qu'on y a fait cuire, et qui se révèle, parfaite et pure. Mais il m'était impossible de relier son corps de vingt ans, nu et fin, à la toison épaisse et noire, aux aisselles sombres, à la chevelure ramenée en deux couettes tressées, que caressaient et pénétraient successivement trois hommes moustachus aux cheveux permanentés, à son corps rebondi d'aujourd'hui, constamment masqué, été comme hiver, par des entassements de tissus, d'écharpes, de pull-overs, de tuniques longues, de pantalons informes, de chemisiers indiens, de bonnets tricotés main, desquels n'apparaissait que son visage, rond comme une pomme, surmonté de cheveux poivre et sel coupés court, et souligné par un double menton qui lui dessinait une sorte de collier doux.

« Tu rêves ? Je te ressers ? »

J'ai tendu mon verre à Kim Soo.

Eugène dans son cadre semblait se moquer de moi.

XIX

La nuit suivante, je ne suis pas parvenu à dormir. J'avais préféré revenir à l'appartement et laisser Elena rentrer seule chez elle. Elle devait se lever tôt. Je pressentais qu'il n'en serait pas de même pour moi. Nous nous étions séparés dans le hall de notre immeuble, après nous être enlacés et embrassés sous le porche, comme deux adolescents clandestins.

J'étais dans cette phase incertaine où j'estimais satisfaisant le scénario achevé mais je ne savais pas encore si les démarches que nous avions entreprises, auprès du CNC et des chaînes de télévision, pour trouver le financement allaient aboutir. Cela me plongeait dans un état où se succédaient les phases d'excitation, d'impatience, d'abattement et d'énervement. Je consultais bien plus souvent qu'à l'ordinaire mon médecin, pour un oui ou pour un non. Je me découvrais quantité de douleurs, de maux de ventre, de palpitations, de migraines insistantes, de crises de tachycardie. Eugène me connaissait par cœur et avait l'habitude dans ces moments-là de me faire livrer une caisse de Bordeaux accompagnée de la posologie à respecter.

En rentrant, j'avais trouvé un message de Florence sur le répondeur. « Rien de spécial, disait-elle, je voulais juste savoir comment tu allais. » Sa voix était empreinte d'une légèreté surjouée. J'y sentais aussi une tristesse retenue. Nous ne nous étions pas vus depuis plus de trois mois. J'avais annulé les derniers dîners en raison de rendez-vous relatifs à mon projet de film. Peut-être avait-elle cru que je l'évitais ?

Comment allais-je ? J'ai tourné dans tous les sens la question anodine qu'elle me posait. Pas trop mal sans doute. Il y avait pire. Y avait-il mieux ? Si j'établissais une échelle composée de dix graduations représentant un baromètre de la perception de mon état d'esprit, de mon humeur, de ma santé physique, des sensations que mon corps me renvoyait, de la façon que j'avais de vivre en paix ou pas avec lui, et si le degré 10 correspondait à l'après-midi sur la côte amalfitaine dont je m'étais souvenu quand, pour la première fois, j'avais été face à Elena dans son petit bureau du CNRS et que j'avais respiré son haleine parfumée d'orange, moment gracieux, instant de sérénité née non pas d'un événement précis particulièrement joyeux, mais d'un équilibre parfait entre toutes les données qui composaient ma vie d'alors, où placer le curseur pour qualifier ma vie présente ? Au-dessus de 5, c'était certain, mais très au-dessus ou à peine ?

Je m'accrochais à l'expression que nous employons tous sans plus jamais réfléchir à son sens profond. « Comment vas-tu ? Comment va-t-elle ? » Je la décortiquais comme un fruit devenu soudain exotique sans trop savoir ce que cachent ses multiples écorces. Je me disais qu'il était cocasse d'employer un verbe qui indique le mouvement pour caractériser un état mental ou physique. Nous nous percevons comme des êtres mobiles. Notre mouvement garantit notre bonheur. Si plus rien ne bouge, n'avance, si tout s'arrête, s'immobilise, la possibilité du bonheur meurt et nous avec : *ça ne va plus*. Nulle part.

La ville depuis des jours s'était chargée d'une chaleur électrique que la nuit tendait comme le faisceau d'un arc de soudeur. J'étais allongé sur le lit, les fenêtres ouvertes. Je fumais des cigarettes en restant dans le noir. De temps à autre, la trace fugace d'une sirène d'ambulance déchirait le faux silence du dehors, et puis plus rien. L'odeur du tabac jouait avec celle des grands acacias en fleur qui montait de la cour intérieure.

À l'évidence, en me demandant comment j'allais, Florence voulait me faire comprendre qu'elle n'allait pas très bien. Nous n'étions plus un couple, mais tout de même. Elle s'était remariée assez vite, mais tout de même. Notre séparation de corps et notre divorce n'avaient jamais signifié la fin de notre relation. Il en avait été ainsi depuis des années, dans la chambre 107 et ailleurs, dans des restaurants, des cafés, des conversations, des gestes tendres, mais je me rendais compte, et elle aussi sans doute, que, de façon réellement inexplicable, la mort d'Eugène avait également rebattu les cartes que nous avions alignées, elle et moi, comme de braves joueurs satisfaits de rejouer sans cesse la même partie.

Eugène disparu, Florence semblait également s'éloigner de moi, ou moi d'elle, comme si mon ami l'entraînait dans son sillage, dans son voyage, dans la distance que sa mort installait. En d'autres termes, il me paraissait de plus en plus évident que Florence appartenait à une de mes vies antérieures, ma vie avec Eugène pour parler vite, qu'elle avait sa place centrale dans cette existence-là, cette existence qui n'existait plus.

Cette pensée me fit de la peine, de la peine pour elle, et je mesurai combien ce que je venais de découvrir faisait de moi un être peu fréquentable. Je savais que, sans avoir jamais été vraiment perspicace, j'approchais là d'une vérité. Et j'allais devoir vivre avec ce constat, me reprochant sans doute de penser, de sentir, d'agir ainsi, me rendant coupable d'un petit meurtre ignoré de toute police, dans lequel ce ne serait pas du sang qui s'écoulerait du corps de la victime mais du chagrin. Aucune loi ne condamnant ce genre d'assassinat, je resterais impuni.

J'ai pris une douche et je me suis assis face à la télévision. Je ne l'avais pas allumée depuis des mois, peut-être des années. Je ne me souvenais plus de la dernière fois où je l'avais regardée. J'ai pris la télécommande et j'ai appuyé sur le bouton marche. L'écran s'est illuminé aussitôt. Je me suis fait la réflexion que la télévision était sans doute un des rares appareils à pouvoir fonctionner après des années d'inactivité, à ne jamais tomber en panne, comme la bêtise dont elle procédait et dont elle se nourrissait, qui jamais ne faiblit ni ne disparaît.

Des images sont apparues : une course de motos. Le son était à un niveau très bas. Le bruit obstiné des moteurs ressemblait au bourdonnement d'insectes occupés à butiner. J'ai regardé les engins serrés entre les cuisses de pilotes revêtus de combinaisons en cuir sadomasochistes faire quelques tours de piste, puis je suis passé d'une chaîne à l'autre, de façon aléatoire, en appuyant sur des boutons de la télécommande sans même les regarder. Il devait être trois heures du matin.

Vers mes quatorze ans, j'avais récupéré le poste en noir en blanc de ma tante qui venait d'acheter un téléviseur couleur. Je l'avais installé dans ma chambre, face à mon lit. J'ai passé des années à regarder ainsi les deux ciné-clubs, celui proposé par Claude-Jean Philippe le vendredi soir, et celui de Patrick Brion le dimanche soir. C'est à ces deux hommes que je dois l'essentiel de ma culture de cinéphile. Parfois, tout de même, en raison de ma fatigue ou parce que le film me captivait moins, je m'endormais et me réveillais plus tard dans la nuit : sur l'écran tombait une neige affolée et dense qui produisait un chuintement léger comme celui que fait un autocuiseur lorsque la vapeur commence à s'en échapper.

À cette époque, la télévision marquait le jour et la nuit. Les programmes s'interrompaient vers une heure pour ne reprendre que vers sept heures du matin. Elle s'est émancipée aujourd'hui de la tutelle des horloges, du biorythme des hommes, et des frontières. En un simple geste, je suis passé d'une discussion en arabe entre deux hommes coiffés d'un keffieh, assis en tailleur sur des tapis, dans ce qui devait être une tente de bédouins, à un ballet à la chorégraphie martiale exécuté par des danseurs chinois aux sourires mécaniques, puis à une cuisinière texane obèse qui préparait devant les caméras ce qui paraissait être un chili con carne, pour aller quelques secondes plus tard suivre un chasseur de phoques et sa famille qui se déplaçaient en motoneige sur des immensités blanches.

J'ai fini par m'arrêter sur le plan aérien d'une mer très bleue, qui remplissait tout l'écran, à tel point que s'il n'y avait pas eu de temps à autre d'imperceptibles et onctueux roulis pour mouvoir la masse d'eau, j'aurais pu croire qu'on cadrait un monochrome d'Yves Klein.

J'avais coupé le son lorsque la cuisinière améri-
caine avait commencé à s'en prendre violemment
aux oignons. Le plan durait. Sans doute était-ce un
programme destiné à détendre le téléspectateur, une
séquence s'insérant dans une émission de relaxation
nocturne à destination des insomniaques, et je dois
avouer que cela fonctionnait très bien sur moi.
J'étais obnubilé par l'image et la profondeur apai-
sante qu'elle contenait. La saturation du bleu, très
proche du pigment de l'IKB et comme lui exempt
de toute brillance, de tout reflet, ce qui avait pour
effet immédiat d'*absorber* le spectateur, conjuguée
au balancement lourd et lent, huileux, de la surface
de l'eau et au mouvement circulaire de l'hélicoptère
duquel étaient filmées les images, agissait comme un
calmant. Je me suis senti après quelques secondes
merveilleusement apaisé, sous le coup d'une hyp-
nose légère.

Mais brutalement le plan a disparu pour laisser place à un autre plan qui n'avait rien à voir
avec le précédent, même si la mer y était toujours présente, mais une mer que je ne parvenais
pas à associer à la première tant elle était terne,
grise, nappée de flaques grasses et sur laquelle
dérivait une embarcation dont la structure disparaissait entièrement, à l'exception d'un mât et
d'une partie de proue, sous un amoncellement de
corps d'hommes, de femmes, d'enfants noirs, tous
debout, serrés les uns contre les autres et fixant
l'objectif de la caméra qui devait se trouver sur

une autre embarcation, plus mobile et plus légère, si j'en jugeais par le tressautement de l'image, à moins de vingt mètres d'eux.

Ma première réaction n'a pas été humaine, je dois l'avouer – la compassion n'est venue qu'en-suite –, mais d'ordre disons scientifique : comment était-il possible que le poids constitué par cette grappe humaine, qui ressemblait par sa forme et sa densité à un gigantesque essaim d'abeilles comme on en voit parfois, engourdies et collées les unes aux autres, à l'approche de l'hiver, suspendues à un élément de charpente sous une volée de toit, ou à la branche maîtresse d'un arbre, comment était-il possible que ce poids ne fasse pas couler ni chavirer le navire, navire déjà presque perdu, imperceptible, éreinté et comme dissous par la masse des malheureux ?

Ce qui me frappait aussi, c'était qu'aucun de ces hommes et femmes ne bougeait ni ne parlait. Ils se tenaient droits, immobiles, et on les aurait crus debout sur les eaux, apparition fantastique et inquiétante, qui les apparentait à des créatures peu humaines, dotées de pouvoirs surnaturels et dont les regards fixes en faisaient des sortes de juges – il me regardait, ils nous regardaient –, ou de justiciers, ou de justiciables peut-être, des plaignants venus entendre, au milieu des mers, le résultat d'une délibération cruciale pour leur devenir.

L'image a disparu à son tour pour laisser place au corps d'une journaliste auburn excessivement maquillée qui tenait un micro dans sa main droite et portait un récepteur dans son oreille gauche, qu'elle était obligée de temps en temps de maintenir avec le majeur et l'index de sa main libre car le vent soufflait avec violence, agitant ses cheveux et emportant le petit élément de plastique beige qu'elle ne parvenait pas à fixer. Elle était cadrée à hauteur de poitrine et se tenait un peu à gauche de l'image pour laisser sur sa droite la possibilité aux spectateurs de découvrir, en arrière-plan, une longue plage dont l'accès, deux à trois mètres derrière la journaliste, était barré par un ruban de plastique orange comme ceux qu'on utilise sur les scènes de crime, et que les bourrasques changeaient en un serpent fluorescent qui paraissait se tordre de douleur.

La journaliste parlait. Son visage était grave. On sentait aussi qu'elle avait froid, et, tout en parlant, elle s'est tournée à trois reprises à demi sur sa gauche tout en continuant à regarder la caméra, à me regarder, pour désigner avec sa main libre ce qui se trouvait derrière elle, l'étendue de la plage, qui finissait à l'horizon par être bue par le ciel bas, mais sur laquelle, bien avant qu'elle ne disparaisse, en y prêtant attention, on apercevait des hommes habillés de combinaisons blanches comme celles que portent le personnel des centrales nucléaires ou les enquêteurs de la police scientifique, qui se penchaient sur les flots et tiraient des masses lourdes et sombres, les posaient sur la grève, tandis que d'autres hommes, habillés de la même façon, disposaient ces formes sur des brancards et s'éloignaient de la mer, deux par deux, lentement, en portant ces brancards alourdis désormais du poids des corps inertes vers des fourgonnettes à l'arrêt, rangées en épi les unes contre les autres.

En tâtonnant, j'ai cherché la télécommande tout en ne lâchant pas des yeux l'écran et, au moment où je l'ai sentie dans ma paume et que très vite j'ai trouvé le curseur du son pour quitter le mode *silencieux*, l'écran s'est de nouveau empli de l'image totale de la mer qui m'avait tant apaisé quelques minutes plus tôt et une voix féminine, sans doute celle de la journaliste, légendait cette image, lui donnait un contrepoint sonore, frénétique et anxiogène, même si elle s'exprimait en italien qui est la langue dans laquelle, par sa musicalité, les inepties ou les horreurs les plus grandes peuvent paraître charmeuses, qui expliquait, dans ce que je parvenais à comprendre, que là, à cet endroit que survolait l'hélicoptère, dans ce merveilleux aplat outremer, velouté et éternel, à quelques milles marins de Lampedusa, avait sombré une embarcation qui ne méritait pas le nom de cargo, emportant dans les profondeurs de la Méditerranée – que la journaliste, à deux reprises, comme pour insister sur l'ironie de la formule, a désignée par le nom antique de *mare nostrum* – huit cents migrants ayant fui la Libye ravagée par la guerre, et dont quelques corps seulement avaient été depuis rejetés sur la côte.

XX

Je n'ai pas pu m'endormir. Mon insomnie était ridicule bien sûr. Par elle, je n'espérais pas ressusciter les morts ni payer mon écot au drame humain. Mais je m'interdisais de glisser dans le sommeil apaisant quand tant d'autres hommes étaient morts dans des conditions dramatiques, sans que quiconque ne leur tendît la main.

Ce que j'avais vu m'avait, de multiples façons, profondément heurté. J'avais succombé au piège de la beauté de la mer, que j'avais prise dans son premier degré, sans savoir que ce qu'on me montrait était tout à la fois l'instrument qui avait provoqué une mort massive, et l'impassible cimetière. Cette erreur de lecture faisait de moi un idiot impuissant, confortablement installé sur un canapé. Mais je m'interrogeais également sur la succession des plans, sur le montage que le réalisateur du reportage de la chaîne italienne avait choisi de constituer.

On sentait dans son travail l'influence du cinéma, de la fiction, ou plutôt de la tension dramatique propre à certains films de fiction. Et cela aussi me hantait, comme si, quelque part, par mon travail qui n'avait pourtant rien à voir *a priori* avec cela, j'avais une part de responsabilité, peut-être pas directement dans l'événement, mais en tout cas dans sa restitution.

Je me suis rappelé la mécanique parfaite du début d'un des derniers films de Roman Polanski, *The Ghost Writer*. On voit tout d'abord, à la tombée de la nuit, un ferry s'approcher d'un port, y accoster, et des voitures ainsi que des passagers en descendre. Le deuxième plan montre la soute du ferry, vide de tout véhicule à l'exception d'un seul que le propriétaire n'a pas récupéré et qu'on s'apprête à sortir à l'aide d'une dépanneuse. Dans le troisième plan, nocturne, on découvre des policiers qui examinent le véhicule débarqué sur le quai. Enfin, le quatrième plan, de jour, présente une plage sauvage battue par les vagues, et soudain, dans ces vagues, on distingue la forme d'un corps que la mer roule et finit par rejeter sur la grève.

C'est à ce type de grammaire qu'avait obéi le réalisateur de la chaîne italienne. Le drame réel n'avait pas suffi. Il avait fallu, par les cadrages, les valeurs des plans choisies, l'agencement de ces plans, le mettre en scène pour en exacerber l'horreur, la rendre sans doute plus consommable pour le spectateur qui ne peut désormais voir le monde, s'émouvoir, être touché, sans les grilles codifiées que lui proposent les images de fiction depuis des décennies et qui ont modelé son cerveau et sa sensibilité.

Par une sorte de choc en retour, la fiction travaille le monde. L'univers cinématographique, avec ses codes, ses lois, ses archétypes, influence celles et ceux qui produisent des images à partir du réel. Il n'est qu'à voir comment les membres des organisations criminelles moyen-orientales, pseudo-religieuses, filment et post-produisent les décapitations d'otages pour se rendre compte que c'est bien à l'Occident hollywoodien, qu'ils désignent pourtant comme le réceptacle de valeurs qu'ils honnissent et combattent, qu'ils empruntent leur langage. Leur pouvoir, leur pouvoir d'effroi, ne tient d'ailleurs qu'à l'image car les meurtres qu'ils perpétuent n'auraient qu'un effet limité sur l'opinion si aucun site, aucun réseau n'en diffusait la captation. La responsabilité de serveurs comme YouTube, Dailymotion et bien d'autres est donc immense, puisqu'en acceptant d'accueillir de telles images, ils contribuent instantanément à les doter d'un pouvoir incommensurable, et à travers elles de garantir le pouvoir à ceux qui les ont fabriquées.

L'aube commençait à laver de rose les toits de Paris. Par ma fenêtre, je regardais l'appartement d'Elena et je devinais dans la chambre, sur le lit, la forme de son corps vulnérable et celle de sa chevelure que le sommeil avait disposée en éventail. Ce qui la recouvrait n'était pas la mer, c'était simplement la nuit, la nuit qui commençait à se retirer, comme appelée quelque part, de l'autre côté du monde, par la force pendulaire de marées célestes. J'ai songé à toutes ces légendes, que j'avais lues depuis l'enfance, de créatures vivant sous les mers, dans des palais de cristal, aux sirènes belles et fluides, glissant dans les courants, mêlant leurs larmes d'inconsolables délaissées au sel des profondeurs, à cette *Enfant de la haute mer* de Jules Supervielle, aux plaintes des marins noyés, au *Roi rose* de Pierre Mac Orlan et à tous les vaisseaux fantômes.

La terre, planète bleue, m'est alors apparue bleue de douleurs, tuméfiée, grand corps constellé d'hématomes dévorant avec constance des milliers de corps, dans ses océans, ses tremblements de terre, ses avalanches, ses coulées de boue et ses glissements de terrain, ses folies guerrières, ses cyclones et tempêtes, comme une créature effroyablement primitive et tranquille qui réclame sa ration quotidienne de chair fraîche afin de pouvoir continuer à être ce qu'elle est, une belle et ronde indifférente qui tolère qu'on vive sur son dos à condition de pas trop l'irriter.

Les cloches de Saint-Sulpice se sont mises à sonner à toute volée. Le battement des marteaux de bronze sur les volumineuses structures a fait vibrer les vitres du bar et jusqu'à la petite table de part et d'autre de laquelle nous étions assis, Florence et

180

moi. La surface du café que je n'avais pas bu s'est ridée de cercles concentriques qui m'ont rappelé l'agitation d'une mare après qu'on y a jeté une pierre. J'ai repensé soudain aux noyés de Lampedusa.

« Pourquoi m'as-tu appelée, moi, pour me raconter tout cela ? Tu as d'autres oreilles désormais, non ? » m'a alors demandé Florence.

J'ai quitté Lampedusa et l'ai regardée. Son beau visage était comme un ciel sur lequel j'avais vu passer le temps, les jours et les nuits, les pluies, les soleils, ma vie.

« J'étais perdu. »

Elle a réfléchi, soupesant les mots qu'elle allait me dire, hésitant à me les dire, peut-être. Les cloches s'étaient tues.

« Et quand tu es perdu, c'est à moi de te retrouver, c'est ça ? »

XXI

Notre vie n'est en rien une figure linéaire. Elle ressemble plutôt à l'unique exemplaire d'un livre, pour certains d'entre nous composé de quelques pages seulement, propres et lisses, recouvertes d'une écriture sage et appliquée, pour d'autres d'un nombre beaucoup plus important de feuillets, certains déchirés, d'autres plus ou moins raturés, pleins de reprises et de *repentirs*. Chaque page correspond à un moment de notre existence et surtout à celle ou celui que nous avons été à ce moment-là, et que nous ne sommes plus, et que nous regardons, si jamais nous prend l'envie ou la nécessité de feuilleter le livre, comme un être tout à la fois étranger et paradoxalement étrangement proche.

J'ai été tenté d'évoquer ce constat devant Michel Piccoli. Peut-être parce que l'âge du comédien et la douceur de ses manières, la bonté de son regard, un regard qui n'était pas perçant mais diffus, adouci, comme estompé sur ses marges, me laissaient penser qu'il pouvait me comprendre. Eugène connaissait Michel Piccoli pour avoir produit il y a une vingtaine d'années un film dans lequel il tenait le rôle principal. J'avais aperçu le comédien à l'enterrement de mon ami, marchant lentement, voûté et doux, et qui paraissait perdu dans la foule comme un enfant dans une réunion de grandes personnes. Je n'en étais alors qu'au début de ma réflexion sur ce qui allait devenir le sujet de *La Fabrique intérieure*, et ce n'est que plus tard, tandis que j'entendis la voix du comédien sur les ondes de France Culture, dans une série d'entretiens de l'émission *À voix nue* qui lui étaient consacrée, qu'il me parut évident, nécessaire, que ce fût lui qui interprétât *Écho 23 987*, cette créature artificielle livrée à Paul, le personnage de mon film.

Quand j'ai pris contact avec lui par l'intermédiaire de son agent, Michel Piccoli m'a aimablement et très vite répondu en me proposant un rendez-vous non pas dans un bar de palace, comme c'est souvent le cas avec les actrices et les acteurs qui feignent d'aimer la discrétion tout en appréciant avant tout d'être reconnus, mais dans un McDonald's proche de son domicile, m'expliquant quand je le rejoignis qu'au moins ici on ne serait pas ennuyés car personne parmi toute cette clientèle composée de jeunes gens ne savait qui il était :

« J'appartiens à des temps révolus. Comme les dinosaures et les bonnes manières. »

Nous avons d'abord évoqué Eugène dont il me dit, avec une gravité tendre, qu'il l'aimait beaucoup. Et il répéta trois fois cette simple phrase, « Je l'aimais beaucoup », qui aurait pu être de simple politesse si la résonance de sa voix, sa lenteur, sa profondeur rêveuse, et le sourire lointain sur son visage, n'avaient pas contribué à lui donner, sans doute possible, un sceau de vérité.

Lorsque je commençai à évoquer *La Fabrique intérieure* en lui proposant de lui laisser le scénario que j'avais apporté, afin qu'il prenne le temps de le lire, il m'arrêta et me demanda de lui raconter l'histoire, me disant que les scénarios l'ennuyaient, qu'on ignorait en les lisant le degré d'attachement que leur portait le metteur en scène, qu'on ne savait jamais si le type était prêt à crever pour le sien, ou s'il avait simplement envie de faire le malin avec une caméra pour passer dans deux ou trois émissions de télévision et qu'on le prenne au sérieux.

Il m'avait dit cela sans volonté de provocation, comme une sorte de constat acquis au bénéfice d'une très longue carrière. Il avait tenu également à me préciser qu'il connaissait assez mal mon travail, hormis un documentaire que j'avais consacré à un vieil homme, artisan horloger, et un film qui se passait entièrement dans une forêt – mon deuxième film, *Après*, qui suit l'errance et la tentative de survie d'un homme interprété par Benoît Régent, qu'on suppose être un déserteur ayant fui un conflit qui n'est jamais clairement nommé ni daté.

J'ai commencé par le commencement. Je lui ai raconté Elena vue de ma fenêtre, lointaine, simple corps déambulant dans un cadre placé à distance, qui paraissait attendre que je la remplisse d'une histoire, d'un caractère, de sentiments, de souvenirs, que je l'anime, que je la place dans des situations que j'aurais imaginées pour elle, que je l'intègre progressivement à ma vie, que j'en fasse un être réel.

Piccoli m'écoutait avec attention, sirotant de temps à autre avec une paille et, semble-t-il, avec un grand plaisir son *milk-shake fraise* tandis que refroidissaient devant moi un *royal bacon* et des frites que j'avais commandés parce qu'il avait bien fallu commander quelque chose, mais que je n'avais pas touchés. Autour de nous, de jeunes adolescents blacks écoutaient du rap diffusé par les haut-parleurs de leurs téléphones portables, en bougeant la tête comme les angelots en plâtre des églises qu'il suffit de nourrir d'une pièce de monnaie pour les animer. Ils parlaient fort, comme s'ils étaient sourds ou que le volume de leur voix fût bloqué à son degré maximal.

Mon intention n'était pas de faire un film d'anticipation au sens classique du terme. Le futur dont il était question était suffisamment proche pour que, dans les décors, les costumes, les habitudes, rien ne diffère de ce que nous connaissions aujourd'hui. La fable que je voulais construire jouerait avec un certain fantastique, qui tiendrait essentiellement dans le rapport que les possesseurs d'*Écho* entretiendraient avec leurs créatures, faisant d'elles des robots dotés de pouvoirs et savoirs minimaux, ou bien au contraire des machines spécialisées dans un domaine d'une extrême précision.

Le fait que la plupart des acheteurs optent pour des modèles d'apparence jeune et pourvus d'un physique admirable créerait soudain un double malaise : on assisterait à une standardisation du paysage corporel – les mêmes types masculins et féminins, beaux et jeunes, seraient soudain surreprésentés et du même coup cette surreprésentation de la beauté induirait des comportements dépressifs chez les êtres humains, incapables en regard de leur créature immarcescible d'accepter leurs propres disgrâces et le vieillissement de leur corps.

Le cas de Paul qui fait le choix de commander et posséder un *Écho* peu conventionnel puisqu'il exige qu'il ait les traits d'un vieillard inquiète les services de l'administration, mais aucune loi ne peut empêcher la société qui produit les robots d'accéder à sa demande.

Lorsqu'on découvre qu'à l'inverse de ses contemporains, il ne se contente pas d'entrer dans son *Écho* quelques données basiques et quelques souvenirs, mais fait tourner jour et nuit les circuits de mémorisation disponibles sur l'ensemble de la sphère internet pour emplir sa créature, non seulement de toute la mémoire du monde, du savoir connu, mais aussi des éléments comportementaux et émotionnels qui couvrent toutes les situations que les êtres humains rencontrent au cours de leur existence, l'État décide de lui retirer son robot et de le détruire.

Mais comment détruire ce qui dépasse en savoir et en intelligence tout ce qui est connu ? *Écho 23 987* n'est pas seulement constitué de l'équivalent de toutes les données disponibles sur les réseaux, il possède aussi, par son pouvoir de combinaison et sa capacité d'extension illimitée de sa propre mémoire vive, quelques nanosecondes d'avance sur ses réseaux. *Écho 23 987* surpasse toutes les autres machines, les englobe et les rend obsolètes.

Au fond, ce n'est qu'un ordinateur surpuissant, capable d'étendre en temps réel sa surpuissance, mais ce qui semble insupportable au pouvoir, c'est qu'il ait des traits extérieurement humains, l'apparence d'un vieillard rêveur et paisible. C'est comme si soudain Dieu Se matérialisait, alors que, depuis des siècles, l'homme n'a cessé de vouloir s'émanciper de Lui et Le tuer. Et c'est bien cet aspect symbolique qui devient inacceptable. Qu'importe que ce corps soit constitué d'une peau synthétique recouvrant des circuits imprimés et des centres de stockage : son apparence est trop humaine et ses pouvoirs trop inhumains. Cela signe son arrêt de mort, mais la fin du film est ouverte : comment parvenir à faire mourir ce qui n'est pas vivant ?

Lorsque je me suis tu, je me sentais dans la peau d'un candidat venant de passer un examen crucial et qui attend fébrilement le verdict de l'examinateur qui se tient face à lui. Michel Piccoli ne s'est pas hâté pour rompre le silence. Il me regardait avec attention, comme s'il cherchait à lire derrière mon visage ce que je tentais éventuellement de garder pour moi, puis il a baissé les yeux vers la table et, désignant le petit paquet rond enveloppé dans un papier cristal, il m'a demandé :

« Vous ne mangez pas votre hamburger ? »

Et sans attendre ma réponse, il s'est saisi du sandwich, l'a déballé, et a mordu dans mon *royal bacon*, dont il a mastiqué une bouchée en grimaçant.

« C'est immonde, mais je ne supporte pas le gâchis alimentaire. Je suis un enfant de la guerre, voyez-vous. »

Il me semble que j'ai acquiescé, ne sachant trop comment réagir, me demandant s'il se moquait de moi ou s'il était brusquement devenu fou. Mais avant de mordre une deuxième bouchée, il a repris :

« Je n'ai jamais joué Dieu. Un pape, oui, mais pas Dieu. J'attendais cela depuis une éternité ! »

Et il a ri, il a ri très fort, il a ri si fort que soudain toutes les musiques et conversations qui emplissaient le lieu se sont éteintes. Ensemble. À la même seconde.

XXII

Je n'ai jamais aimé visiter des ruines. Je sais bien que je ne suis rien, mais les architectures hautaines des siècles passés me le rappellent avec trop de violence et de majesté. J'ai besoin, autant que les autres, d'un peu d'illusion pour durer.

C'est un début juillet d'une constante chaleur. Je cherche l'ombre sous les arches du grand amphithéâtre de Pula mais elle est rare, et dans chaque recoin protégé je trouve assis à même la terre quelques touristes exténués, qui me regardent sans aucune bienveillance, prêts à disputer avec hargne et avec les armes qui sont les leurs – appareil photo à l'objectif démesuré, gourdes, bâtons de marche, iPhone – le territoire acquis.

Elena va en plein soleil. On dirait qu'il est moins chaud pour elle. On dirait qu'il l'épargne et se contente de la dorer. Elle est heureuse d'être là, et je suis heureux qu'elle soit heureuse. Elle me dit les endroits où elle venait jouer enfant, les chèvres et les moutons qui y paissaient, entre les blocs de pierre, dans l'arène qui n'avait plus de forme et où l'herbe paraissait plus verte qu'ailleurs. Elena est légère. Elena est belle. Elena est jeune. J'égrène ces phrases comme les propositions d'un théorème, mais je n'aboutis à aucune conclusion. Je n'ai jamais été doué pour les mathématiques.

Nous sommes ici depuis quatre jours. La ville n'est pas très grande. Elle n'est pas très belle non plus. Ou plutôt, elle n'est plus très belle. C'est une créature rafistolée, un organisme cousu de membres divers et qui s'articulent comme ils peuvent : l'Antiquité gréco-romaine, l'Empire austro-hongrois, le communisme, l'anarchie ultralibérale, la terre des oliviers, la mer des plages sans charme, et les chantiers navals.

Elena m'entraîne dans les églises, qui sont fraîches et de taille modeste. Je la découvre pieuse. Elle brûle des cierges, se signe, semble psalmodier des prières. Je la laisse faire, regarde les peintures, le dallage, les murs aux enduits fissurés qui ressemblent à des relevés topographiques incomplets parcourus par des fleuves hésitants.

« Tu es croyante ? »

Elle me sourit et ne me répond pas. Elle prend mon bras, m'embrasse. Toujours ce parfum d'orange.

Je tombe en extase devant une pissotière. Je tente de faire partager ma joie à Elena.

« Tu te rends compte, une vraie pissotière, où on peut encore pisser !

— Vous les hommes, pas nous les femmes.

— Gratuite, toujours ouverte ! Il n'y en a plus aucune comme cela en France.

— Tant mieux ! »

J'entre à l'intérieur de l'ovale de fer-blanc festonné. Tout y est, l'odeur puissante que beaucoup, dont Elena, trouveraient épouvantable, les graffitis obscènes, les mouches, le filet d'eau rouillé qui tente sans y parvenir d'entraîner les urines et les papiers vers un trou ouvert comme un œil de gros crapaud. Je pisse. Et tout en pissant je peux regarder au-dehors car les visages sont à la hauteur d'une meurtrière pratiquée dans la structure. Elena s'est assise sur un banc à une dizaine de mètres.

« Je te vois !

— Moi aussi je te vois. »

Elle se détourne et regarde la mer, un bras de mer, avec une île au loin. Des bateaux passent, de petits chalutiers. Des hommes sur le pont s'interpellent tout en rangeant des filets. Je quitte la pissotière. Je rejoins Elena.

« Je venais avec mon père et ma mère, sur ce banc. Moi je ne restais pas sur le banc. L'été, je jouais sur la pelouse. Il y avait d'autres enfants. L'hiver ou quand il faisait mauvais, je restais dans les allées. Il y avait moins d'enfants. Mes parents ne quittaient pas le banc. Ma mère sortait une revue, mon père ses cigarettes. Il fumait en regardant la mer. Ils ne se parlaient pas. Mon père ne discutait pas avec les autres hommes qui le saluaient en passant. Il fumait et regardait la mer. Il semblait toujours un peu mélancolique quand nous venions ici. Et le soir, sa mélancolie se prolongeait. Il restait assis à sa place dans la cuisine, il continuait à regarder devant lui, un peu au loin, comme si la mer était là, cachée dans les motifs de la tapisserie qui représentaient des oiseaux multicolores et des singes. D'ordinaire il était joyeux et chantait sans cesse des chansons, ou sifflait. Mais la mer le rendait triste, et pourtant nous allions souvent nous asseoir face à elle. Quand nous sommes partis de Pula pour venir habiter en France, il n'y avait plus la mer, mais il n'a jamais plus chanté ni sifflé. La tristesse l'a envahi. Elle est entrée en lui. Je pense qu'il avait laissé quantité de portes ouvertes. Il attendait qu'un mal ou un autre entre et s'installe en lui. Ce fut la tristesse. Il en est mort. Très vite. Il avait trente-huit ans et moi j'en avais douze. »

Ici, l'huile d'olive est d'un vert sauvage. Elle a un goût violent et une amertume que j'aime. Je trempe dans mon assiette des morceaux d'un pain qui ressemble à ces pains turcs que nous mangions à pleines dents, Florence et moi, durant nos premiers voyages. Florence.

Florence vient de s'inviter soudain à notre table, dans ce petit restaurant près de la place principale de Pula, au plafond bas, au décor misérablement classique – fiasques de vin et filets de pêche suspendus aux murs. Il a fallu que je morde dans du pain pour penser à elle. Je ne sais pas comment elle le prendrait. Si elle en rirait ou si elle me giflerait.

Mon corps a plus de mémoire que moi. Le goût du pain turc. Florence. Malatya. Le vent brûlant au sommet du Nemrut Dagi. Les abricotiers et notre jeunesse. « Vous me rapporterez du tabac », avait dit Eugène. Nous lui avions rapporté du tabac, acheté au poids dans le souk de Diyarbakır qui avait pris place dans l'ancien caravansérail. Des hommes assis par terre vendaient un tabac blond et odorant qui formait de grandes pyramides posées devant eux sur des draps ouverts. Au-dehors, dans le jour si lumineux que le ciel n'était plus ni bleu ni blanc mais insupportablement métallique, la température excédait les quarante degrés. Les nuits, nous prenions toutes les deux heures des douches froides et nous recouchions trempés, espérant garder la fraîcheur de l'eau autour de nous, sur notre peau nue. Nous déjeunions au matin d'oranges, de galettes et de thé.

Il y a trois semaines, j'ai dîné avec Florence, avant son départ. C'est elle qui l'a voulu, ce dîner. Le départ aussi peut-être, mais le prétexte est une mutation de Luc, son mari. C'est étrange pour moi d'écrire cela à propos de Florence, *son mari*, et que ce ne soit plus moi. Luc occupe un poste important dans une multinationale qui traite du recyclage des déchets ménagers. Lorsque, il y a quelques années, Florence m'avait annoncé son métier, cela m'avait fait rire : « Il s'occupe donc de moi », lui avais-je dit. Elle n'avait pas relevé. Elle avait haussé les épaules. Elle avait saisi dans le seau le col de la bouteille de Sancerre et nous avait resservis. Florence se plaignait de ne jamais me voir. Je ne sais pas si elle voit davantage Luc. Mais peut-être que cela l'arrange.

« Luc est nommé au Brésil. À São Paulo. »

J'avais tenté de me souvenir de São Paulo, où j'étais allé pour un festival il y a quelque temps. Je me suis rappelé l'arrivée en hélicoptère sur le toit de l'hôtel, le climat sur lequel je m'étais trompé – je n'avais pris que des vêtements d'été et il faisait treize degrés –, une attachée culturelle qui avait de jolis seins en forme de poire que je devinais sous son chemisier de crêpe beige, une ville immense, soucieuse et terne, un cigare, je crois bien que c'était un magnum 46, fumé sur la terrasse d'un Starbucks en regardant passer les gens, les heures en voiture, pour aller d'un point à un autre de la ville, un débat assez court après le film, une exposition des photographies de Sebastião Salgado qui se déroulait dans un lieu culturel implanté dans un complexe sportif où une piscine olympique avait été construite en sous-sol, si bien qu'en se rendant dans les salles de l'exposition, on marchait sur des dalles vitrées sous lesquelles, une dizaine de mètres plus bas, on voyait évoluer les nageurs, une autre exposition des dessins de Lucian Freud, sinueux et charnus, le visage rose d'une hôtesse de la TAM lors de mon retour qui se souciait de façon un peu inquiétante de mon bien-être et de ma sécurité, ajustant ma ceinture et remontant ma couverture jusqu'à mon cou comme si j'avais eu cinq ans.

« C'est merveilleux, São Paulo », m'étais-je contenté de répondre.

Nous avions terminé notre dîner en échangeant des banalités, comme le font, je présume, les hommes et les femmes qui se rencontrent pour la première fois, suite à une petite annonce, et qui se rendent compte dès les premiers échanges qu'ils ne sont pas faits l'un pour l'autre mais qui décident tout de même de se montrer aimables et polis pendant tout le reste du repas.

Ce n'est que lorsque j'ai refermé la porte du taxi dans lequel avait pris place Florence que je me suis dit que je la voyais peut-être pour la dernière fois de ma vie, que désormais un océan allait nous séparer, que des fuseaux horaires dérégleraient notre horloge jusque-là commune, que je ne pourrais jamais plus me dire que nous respirions le même air, subissions la même ville, nous levions avec le même soleil. Je la connais assez, je la connais trop, pour savoir qu'à cet instant elle avait les mêmes pensées que moi, et que comme moi elle ne désirait peut-être qu'une chose, que quelqu'un quelque part arrête le balancier du temps, que j'ouvre de nouveau la portière du taxi, que je lui tende la main, qu'elle la prenne, sorte de la voiture et vienne se blottir dans mes bras pour n'en plus jamais partir.

Mais les chauffeurs de taxi font leur métier, qui est de conduire des véhicules, de démarrer lorsque le client y est entré, sans se soucier de ses états d'âme ni de ses hésitations.

Ainsi vont nos vies, qui se décident parfois un peu trop vite, et qui nous laissent nous débrouiller ensuite avec nos regrets et nos remords.

Elena me regarde.

« Tu rêves ? » me demande-t-elle. Je lui réponds non. « Je me souviens simplement. » Elle a la pudeur ou l'étourderie de ne pas me demander de quoi. Je crois que pour cela je l'aime encore davantage.

Au matin suivant, une bruine tiède tombe sur Pula. Elena mystérieusement veut à tout prix m'emmener quelque part. Je traîne un peu la jambe, à la façon d'une vieille carne usée. Nous avons déjeuné tôt et quitté l'hôtel comme des comploteurs. C'est un dimanche. Les rues sont désertes. Nous remontons main dans la main une longue avenue bordée de casernements anciens, dans lesquels j'imagine des garnisons entières attendant d'embarquer sur des cuirassés rutilants mouillant dans le port. La Première Guerre bat son plein. Pula est le seul débouché sur la mer de tout l'Empire austro-hongrois. Ni celui qui en est à la tête ni tous ses sujets ne savent qu'ils vivent leurs derniers instants, et que bientôt le monde s'effondrera, que bientôt leur territoire immense sera un gros quartier de viande saignant qu'on débitera à l'encan.

Elena marche vite, devant moi maintenant. Elle montre la voie, se retourne de temps à autre pour m'encourager d'un sourire. J'ai caressé ses seins à l'aube et posé mon visage entre ses cuisses pour respirer son odeur et sa vie. Je la sens ce matin différente et secrète.

Au débouché de la longue avenue dans laquelle nous n'avons croisé que trois chiens galeux et, plus tard, bien plus haut, un vieil homme coiffé d'une casquette de base-ball et qui marmonnait dans sa barbe des récriminations incompréhensibles, nous entrons dans un quartier de villégiatures abandonnées.

Ce sont des maisons d'une taille inhumaine, faites pour une noblesse défunte qui venait là, un siècle plus tôt, à la saison des bains de mer, emmenant dans ses malles des bataillons de domestiques, de nurses, de précepteurs, de cuisiniers, de gouvernantes anglaises et de chauffeurs. Toutes sont dans un état de décrépitude qui ne fait que souligner, par défaut, le faste qui a été le leur.

Souvent, on devine qu'elles ont été, bien plus tard, vers le milieu du siècle, au temps où on a rêvé d'une vie collective, grossièrement découpées en appartements et négligées comme on punit les traîtres. Leurs toits se crèvent çà et là. Des parpaings de ciment barrent certaines de leurs fenêtres. Les vérandas s'effondrent. Dans les serres et les jardins d'hiver, achèvent de pourrir des épaves de voitures. Leurs jardins ne sont plus que des jungles laides envahies par les genêts et les chats sauvages, ou des étendues tristes, rasées, boueuses, sur lesquelles la fine pluie croate tombe comme un bouillon, parmi les détritus, les seaux en plastique, les jouets cassés d'enfants qui ont grandi, sont devenus des adolescents oublieux puis des adultes sans mémoire. Les crépis se délitent en plaques écailleuses. Les charpentes vomissent des eaux brunes. Des tuiles brisées au sol composent des cartes à jouer oubliées là, après des fins de partie sans vainqueur aucun. Mais parfois, une glycine, un camélia, un massif de vieux rhododendrons aux tons de grenadiers témoignent encore d'une élégance ancienne.

Elena a pris de nouveau ma main et je la laisse me guider. Nous nous arrêtons à l'angle de deux rues, devant un muret de brique percé d'un portillon de fer qui donne sur une allée de pierres disjointes. Elle mène à la porte de service d'une des villas dont on n'aperçoit que le derrière bossu, qui imite les résidences normandes, de torchis et de colombages. Sans doute le prince qui en avait décidé la construction avait-il voulu se souvenir de ses étés à Trouville, de tout l'argent jeté sur les tapis verts des casinos de Deauville ou d'Yvetot, et des heures matinales passées après le jeu et le champagne, entre des draps de soie, dans les bras d'une lionne un peu grasse qui lui glissait en français, dans l'oreille, des mots d'amour et des obscénités.

Ce bout de France, à demi étranglé par la végétation de sureaux, de noisetiers pourpres, de chèvrefeuilles redevenus sauvages et par la ramure d'un pin maritime qu'on n'a pas osé rabaisser, laisse couler de ses murs une peureuse tristesse. Mais contrairement aux autres maisons, celle-ci possède encore une âme, même s'il s'agit d'une âme blessée.

Elena me désigne deux fenêtres du dernier étage. Leurs boiseries sont peintes en vert amande et des rideaux brodés, étroits, qui ne couvrent pas la largeur de chaque vantail, tombent sur les vitres comme des linges d'église. Sur le volet de l'une d'elles, on a accroché pour les oiseaux un os de seiche. Des moineaux querelleurs sont occupés à le becqueter.

« C'est là, me dit-elle. C'est là que j'ai passé mon enfance. »

Je sais le prix des lieux. Je sais combien ils nous créent et comment ils laissent en nous des empreintes qui nous hantent comme des cicatrices. J'imagine Elena petite, accrochant un os de seiche intact au crochet du volet et la voix de sa mère, peut-être, qui lui dit de faire attention, de ne pas se pencher, de rentrer vite et de fermer la fenêtre.

Elena s'est blottie contre moi et a posé sa joue contre mon épaule. Je caresse ses cheveux et tous deux nous regardons les fenêtres là-haut qui derrière le tremblement de la bruine renferment à jamais les heures heureuses, les chagrins et les sommeils pleins d'espérance d'une fillette qui n'est plus. Je me sens à cet instant pris dans un ralenti circulaire, un vertige qui me laisse troublé, comme lorsque, voyageur perdu, on ne sait plus quand apparaît enfin le carrefour, quel chemin incarne une promesse inconnue, et quel autre nous renverrait vers le pays trop familier.

Elena, sans que je m'en aperçoive, a desserré mon étreinte et se tient désormais face à moi. Elle me regarde et me sourit. Je ne connais pas ce sourire qui s'enfonce en moi et verse dans mon corps une chaleur épanouie, généreuse et sans limites. Nous nous regardons longuement. Elena me remplit de son sourire, de sa quiétude, du souffle qui agite sa poitrine. C'est une scène de cinéma bien sûr. Ce ne peut être qu'une scène de cinéma. Une scène qui n'existe que dans les films et je ne sais plus soudain si je la vis ou si je la vois dans le noir rassurant d'une salle.

« J'attends un enfant. Un enfant de toi. »

Ai-je rêvé ce qu'Elena vient de me dire. Quelqu'un va-t-il rallumer la lumière, ou me laisser un peu encore dans ce pays incertain, un instant, un tout petit instant ?

« Un enfant », répète-t-elle en désignant son ventre.

Est-ce la pluie qui parle ou la voix d'Elena.

Les fenêtres là-haut se sont ouvertes, ou c'est un songe peut-être, une fillette apparaît et nous regarde ?

202

« Je voulais te le dire, ici. Ici dans mon pays d'enfance. »

Et Elena prend ma main, gravement, et la pose sur son ventre.

XXIII

Nous sommes le 2 novembre, jour des défunts dans la tradition chrétienne. Pour le cimetière qui se trouvait face à la maison où j'ai grandi, de l'autre côté de la route, c'était le plus beau et le plus *vivant* des jours de l'année. Les fleurs déposées sur les tombes, les allées et venues incessantes des familles endimanchées le changeaient en un parc coloré fréquenté comme une promenade, dont les abords étaient embouteillés d'automobiles et duquel toute tristesse et toute affliction semblaient bannies.

Dans une heure à peine commence le premier jour de tournage de *La Fabrique intérieure*. Devant moi, Eugène est toujours attablé à sa terrasse de café, et regarde un peu au loin, sur sa droite, avec un demi-sourire apaisé. Il n'a pas pris une ride. Ce matin, j'aimerais qu'il tourne sa tête vers moi, pour une fois, que je puisse les yeux dans les yeux lui dire, ça y est, tu vois, tu serais heureux, tu serais fier, tout recommence, je m'y suis remis, tu n'es plus là mais je continue comme je te l'avais promis.

J'entends au travers du plafond des bruits de pas, des chocs, des voix dont je ne perçois que les rumeurs et les vibrations, une précipitation heureuse et très organisée. Mon équipe met la dernière main aux préparatifs sur le décor principal, qui est l'appartement de Paul. J'ai choisi Éric Ruf pour interpréter Paul. Depuis longtemps je suis fasciné par ce comédien de la troupe du Français, qui y a joué, y a signé des mises en scène, et qu'il dirige désormais. Par son physique intense et dévoré, il me rappelle sous certains angles l'Antonin Artaud du *Napoléon* d'Abel Gance. Je le connais peu. Il est timide et discret. Lorsque je les ai fait se rencontrer pour la première fois, Michel Piccoli et lui se sont regardés un très long moment, sans se parler, sans être capables de se parler, et j'ai regretté ce jour-là de ne pas avoir pris de caméra tant il y avait d'épaisseur humaine dans ce premier rapport muet. Éric est déjà sur le plateau.

À ma demande, Kim Soo a loué pour ce décor l'appartement de Monsieur Bellagar, mon vieux voisin du 8ᵉ que j'ai aperçu un matin tandis qu'il déménageait, sur le trottoir devant l'immeuble. Il attendait que le camion se remplisse, assis sur une chaise de cuisine, à côté de son piano. Il a levé son chapeau quand je l'ai salué. Nous nous sommes souri. C'est à ce moment seulement que je me suis rendu compte que jamais nous n'avions échangé un seul mot. Je me suis dit qu'il était un peu tard pour commencer. Peut-être ai-je eu tort ?

Derrière moi, tandis que j'écris ces dernières lignes, sur un des canapés est assis Michel Piccoli. Il attend, enveloppé dans un peignoir en éponge blanc comme un boxeur dont on préserve la chaleur musculaire avant qu'il ne monte sur le ring. Je m'apprête à le filmer nu, lorsque Paul, ayant ouvert les emballages qui conditionnaient la créature robotique qu'on vient de lui livrer, la découvre, immobile et sans atours aucun.

La caméra va faire autour de son corps d'octogénaire un lent travelling hélicoïdal. Michel le sait. Il en est d'accord. Il comprend que le plan doit dessiner la surface d'un corps que l'âge a marqué et qui se confond avec l'étendue limite de la vie humaine, et qu'au-delà, peut-être, au-delà de la peau magnifiquement fatiguée, des muscles et des os usés, des chairs distendues, commence possiblement le domaine de Dieu.

À cet instant, j'imagine qu'il feuillette un des livres posés sur la table basse, et parmi eux celui que j'ai placé volontairement en évidence, consacré au sculpteur Ligier Richier dont *Le Transi* de l'église Saint-Étienne de Bar-le-Duc figure un mort présenté debout, partiellement encore revêtu de l'habit du vivant, chair, cheveux, tendons, qui dit bien ce que nous fûmes et ce que nous serons, et dont le corps perdu, recueilli dans la finesse du marbre évidé par l'artiste, témoigne tout à la fois de notre disparition, mais aussi de l'amour de ceux qui nous survivent, et grâce auxquels nous survivons, puisque l'œuvre fut commandée par celle dont l'époux, René de Chalon, prince d'Orange, compagnon d'armes de Charles Quint, venait d'être tué au combat sous les remparts de Saint-Dizier en 1544, et qui a demandé au sculpteur, cette toute jeune veuve, de représenter l'être aimé et perdu comme il serait après trois années passées dans son tombeau, sous la terre froide de Lorraine. Et me reviennent alors quelques vers, dont je ne sais plus s'ils sont d'Ovide ou d'Épicure, ou si je les ai rêvés, comme il m'arrive de rêver des dialogues, des bribes de conversation, des titres de livre ou des scènes de film : « *Mon corps, vieux compagnon, ainsi donc est venu le temps de nous quitter ?* »

Mais peut-être le comédien qui s'apprête à incarner ce dieu robot dans lequel sera versée toute la mémoire du monde, ses complexités, ses incohérences et ses espoirs, regarde-t-il plutôt Elena qui, étendue sur l'autre canapé en vis-à-vis, ainsi qu'elle aime être, allonge ses longues jambes sur les coussins indonésiens, chamarrés de fils d'or et de fibres de bois, que j'ai rapportés du pays Toraja, et m'observe à ma table, occupé à écrire ces dernières lignes avant d'abandonner dans quelques minutes l'ordinateur et les mots pour n'être plus qu'un petit faiseur d'images.

À quoi donc songe-t-elle en me voyant ainsi de dos, me détachant sur la fenêtre, sur le ciel de novembre où passent des nuages gravides des pluies qu'ils réservent à d'autres paysages ?

Je l'imagine les deux mains posées sur son ventre qui commence à s'arrondir, cherchant sous sa paume les mouvements intérieurs, lents et parfois saccadés, de la petite créature encore endormie, yeux clos, flottant dans une sorte d'apesanteur au sein d'un liquide obscur et chaud, vierge de toute mémoire, de toute émotion et de toute douleur, et en laquelle la miraculeuse conjugaison du vivant a marié nos deux êtres distincts.

Il me semble désormais que je n'aurai plus d'autre âge que le sien, et qu'oubliant mon corps, oubliant qui je suis, oubliant mes maux et mes hésitations, mes erreurs, mes blessures, je serai tout à elle, afin qu'elle puisse vivre, aimer, rire, s'éblouir et grandir jusqu'au ciel.

Lorsque, au tout début d'octobre, je relisais les épreuves de ce livre, j'ai appris la mort accidentelle d'Isabelle Collignon, qui était libraire à Chamonix. J'en en ai été vivement ému. Isabelle aimait les siens. Isabelle aimait la vie, sa belle vallée et ses montagnes, la littérature qu'elle défendait sans relâche. Elle n'aura pas pu lire *L'arbre du pays Toraja*, comme je l'aurais souhaité, mais en manière d'hommage affectueux, qu'elle soit accueillie dans ses pages, elle dont je garderai le souvenir constant et doux de son sourire.

Philippe Claudel

Crédits

Meuse l'oubli, *roman, Balland, 1999 ; nouvelle édition* Stock, 2006

Quelques-uns des cent regrets, *roman, Balland, 2000 ; nouvelle édition Stock, 2007*

J'abandonne, *roman, Balland, 2000 ; nouvelle édition* Stock, 2006

Le Bruit des trousseaux, *récit, Stock, 2002*

Nos si proches orients, *récit, National Geographic, 2002*

Carnets cubains, *chronique, Librairies Initiales, 2002 (hors commerce)*

Les Petites Mécaniques, *nouvelles, Mercure de France, 2003*

Les Âmes grises, *roman, Stock, 2003*

Trois petites histoires de jouets, *nouvelles, éditions Virgile, 2004*

La Petite Fille de Monsieur Linh, *roman, Stock, 2005*

Le Rapport de Brodeck, *roman, Stock, 2007*

Parle-moi d'amour, *pièce en un acte, Stock, 2008*

Le Paquet, *pièce pour un homme seul, Stock, 2010*

L'Enquête, *roman, Stock, 2010*

Parfums, *récit, Stock, 2012*

Jean-Bark, *Stock*, 2013

De quelques amoureux des livres, *Finitude, 2015*

OUVRAGES ILLUSTRÉS

Le Café de l'Excelsior, *roman, avec des photographies de Jean-Michel Marchetti, La Dragonne, 1999*

Barrio Flores, *chronique, avec des photographies de Jean-Michel Marchetti, La Dragonne, 2000*

Au revoir Monsieur Friant, *roman, éditions Phileas Fogg, 2001 ; éditions Nicolas Chaudun, 2006*

Pour Richard Bato, *récit, collection « Visible-Invisible », Æncrages & Co, 2001*

La Mort dans le paysage, *nouvelle, avec une composition originale de Nicolas Matula, Æncrages & Co, 2002*

Mirhaela, *nouvelle, avec des photographies de Richard Bato, Æncrages & Co, 2002*

Trois nuits au palais Farnese, *récit, éditions Nicolas Chaudun, 2005*

Fictions intimes, *nouvelles, sur des photographies de Laure Vasconi, Filigrane Éditions, 2006*

Ombellifères, *nouvelle, Circa 1924, 2006*

Le Monde sans les enfants et autres histoires, *illustrations du peintre Pierre Koppe, Stock, 2006*

Quartier, *chronique, avec des photographies de Richard Bato, La Dragonne, 2007*

Petite fabrique des rêves et des réalités, *avec des photographies de Karine Arlot, Stock, 2008*

Chronique monégasque, *récit, collection « Folio Senso », Gallimard, 2008*

Tomber de rideau, *poème, sur des illustrations de Gabriel Belgeonne, Jean Delvaux et Johannes Strugalla, Æncrages & Co, 2009*

Quelques fins du monde, *poème, avec des illustrations de Joël Leick, Æncrages & Co, 2009*

Le Cuvier de Jasnières, *avec des photographies de Jean-Bernard Métais, éditions Nicolas Chaudun, 2010*

Triple A, *poème, avec des illustrations de Joël Frémiot, Le Livre pauvre, 2011*

Autoportrait en miettes, *éditions Nicolas Chaudun, 2012*

Rambétant, *avec des photographies de Jean-Charles Wolfarth, Circa 1924, 2014*

Le Livre de Poche s'engage pour
l'environnement en réduisant
l'empreinte carbone de ses livres.
Celle de cet exemplaire est de :
300 g éq. CO$_2$
Rendez-vous sur
www.livredepoche-durable.fr

PAPIER À BASE DE
FIBRES CERTIFIÉES

Composition réalisée par NORD COMPO

Achevé d'imprimer en janvier 2017, en France sur Presse Offset par
Maury Imprimeur – 45330 Malesherbes
N° d'imprimeur : 214773
Dépôt légal 1re publication : février 2017
LIBRAIRIE GÉNÉRALE FRANÇAISE – 21, rue du Montparnasse – 75298 Paris Cedex 06